eromanga sensei

情色漫畫老師

6

伏見つかさ

插畫◆かんざきひろ

應該與山田妖精結婚的十個理由

Kadokawa Fantastic Novels

contents

ero ga
sens yam an to kekkon subeki jyuu no riyuu
Muramasa Senjyu
情色漫畫老師
應該與山田妖精結婚的十個理由

Eromanga Sensei
Characters
情色漫畫老師
登場角色
Masamune Izumi
和泉正宗
一邊上高中一邊從事小說家的工作。筆名是和泉征宗。有個家裡蹲的妹妹。
Sagiri Izumi
和泉紗霧
與正宗沒有血緣關係的妹妹。雖然是個重度的家裡蹲，但目前以情色漫畫老師這個筆名從事插畫家的工作。喜歡畫色色的圖。
和泉家的鄰居。隸屬於與正宗不同的出版社，活躍中的超暢銷作家，自稱大小說家。
Elf Yamada
山田妖精（筆名）
Mura
千
與正宗在同
年輕前輩作
書迷，連他
網路小說也
Megumi
神野
紗霧的同班
強的超級班
正宗的同
店員。知
正宗他們
雖然手上
作品，但
點可疑。
Aya
Kagura
神樂坂

eromanga sensei

應該與山田妖精結婚的十個理由

情色漫畫老師

伏見つかさ

插畫◆かんざきひろ

6

Kadokawa Fantastic Novel

情色漫畫老師
ero manga sensei
第一章

第一章

和泉正宗／十六歲／高二。

我是個一邊上學一邊從事小說家工作的兼職作家。

筆名是和泉征宗，幾乎是本名。

因為種種原因，從兩年前開始跟家裡蹲的妹妹兩個人住在一起。

這個妹妹還真是個難搞的傢伙，她完全不肯從房間走出來。

明明一直住在同一個屋簷下，可是之前我跟妹妹完全無法見到面。我煩惱於想要改變現況，然後每天做好餐點送去妹妹房間。這種生活一直持續著。

而這樣的生活發生重大變化，是在一年前。

我知道了妹妹「隱藏的身分」。

為我的小說繪製插畫的插畫家「情色漫畫老師」。

這位之前我從來沒有見過面的搭檔。

就是我的妹妹和泉紗霧。

他是個會進行繪圖的實況轉播，然後跟粉絲們聊天聊得很愉快，積極的傢伙。

也是個最喜歡畫色色的插畫，甚至會讓暢銷作家對他獻殷勤的厲害傢伙。

情色漫畫老師就是這樣的人，而他跟我那個躲在房間裡頭不跟任何人交流的妹妹竟然是同一個人！

這真的不是用嚇到就可以形容。

不過我覺得這是個好機會。

也認為這說不定是個契機，可以改善我跟這個不肯走出房間的妹妹之間的關係。

因為只是跟我同住在一間房子，形同陌生人的妹妹——

就是跟我一同創作作品的夥伴啊。

然後……嗯，之後發生很多事情。

我變得能夠進入妹妹總是窩在裡頭的「不敞開的房間」。

妹妹也交到朋友。我對妹妹一見鍾情這件事也被本人知道，結果就是被甩了。

接著我跟情色漫畫老師一起創作新作小說，這部作品也開始進行漫畫化。

跟原本以為很討厭我們的姑姑，雙方的關係也變得稍微親近一些。妹妹也發出——總有一天會「走出房間」跟「去學校上學」的宣言。

然後，想跟紗霧成為「普通兄妹」的我……

——我，喜歡，哥哥。

——是、是以身為一個妹妹而言！

——哥、哥哥……你說……想要成為我的哥哥對吧？

——兄妹要談戀愛，是不可能發生的事情對不對？

——那這樣，我也是以一個妹妹的身分喜歡著哥哥。

就這樣懷抱著致命的矛盾，度過平穩的日子。

總之，四月一日對紗霧進行的「定期測驗」包括準備時的各種情況，似乎都為紗霧的內心帶來變化。

這甚至可以稱為變革了。

沒錯，這是四月中旬的事情——

早晨，我作了個夢。

「……嘶……呼……」

——……哥哥，快來這邊。

那是有著妹妹容貌的天使，在花田裡玩耍的夢。

——呵呵，哥哥你真是的，這邊這邊——

純潔無瑕的笑容配上純白的連身洋裝，背上長出的翅膀，非常惹人憐愛地擺動著。

——哥哥，我最喜歡你了♡

簡直就是樂園。

但只到這一刻為止。

視野的角落裡，突然長出一顆巨大的蘋果樹，一個山田妖精老師容貌的惡魔用小混混的蹲姿，蹲在樹下狠狠瞪著我。

——嘖，少在那邊卿卿我我的啦，不過是征宗還敢這麼囂張。

每隔幾秒，她那像是細●人的尾巴就如鞭子般拍打地面。然後還把生長在一旁的筆頭菜拔起來吃掉，吃完再拔新的繼續吃。

——筆頭菜超好吃——

她像地獄的餓鬼般不斷啃食筆頭菜。

後來回想起來，現實世界的妖精在前幾天做過清燙筆頭菜，所以才會以這種形式反映在夢裡頭了吧。想想我還真是有夠失禮。

這完全就是場惡夢。

「……唔嗯——唔——」

我痛苦地翻來覆去。

「……哥。」

「……唔啊啊……快住手……！至少先處理過再吃啊……！」

「……哥哥，快起來。」

「喔，天使的細語……在我耳邊響起——」

「——哥哥。」

突然有個柔軟的觸感傳到我臉頰上。

同時，天使在夢中親吻我的臉頰。

「什——」

由於太過真實，讓我忍不住整個人跳起來。

當我用力睜開眼睛時，現實世界的天使就站在床邊低頭看著我。

「……啊，起來了。」

「紗、紗霧？」

我立刻撫摸彷彿還留有真實感觸的臉頰。

難道說這個是——！

我感受到自己臉頰開始發燙，妹妹則露出一臉不可思議的表情側著頭。

「我是用手指把你戳醒的……會痛嗎？」

「不、不會……」

本來以為是清晨的親吻，但這我可說不出口。

我本來想吐口氣，但又慌忙吞了回去。

因為我現在才察覺到眼前這個異常狀態。

「妳、妳這是……為、為什麼……？」

「？你問為什麼……是指什麼？」

紗霧一臉茫然地歪著頭。

「啊？咦？……是夢？」

我會這麼想也是沒辦法的事情。因為她可是重度的家裡蹲，而且又幾乎不從二樓「不敞開的房間」出來的紗霧……怎麼可能會出現在……我這位在一樓的房間……

當我盯著她的臉龐看時，紗霧她……

「……嗯……」

用了跟平常踩地板相同的節奏，輕輕拍了拍我的肩膀。

接著似乎很害羞地把臉別過去。

「……肚子餓了……煮飯，給我吃。」

說完這些之後，她飛也似地逃出我的房間。

「…………………………」

我茫然目送妹妹的背影離去。

然後才喃喃自語說：

「對喔……那傢伙…………已經可以……走到房間外頭了是吧……」

當然這並不代表她的家裡蹲已經治好了。只是……這一年來的……還有為了上個「定期測驗」所進行的特訓，確實有讓情況獲得改善。

即使我在家裡，紗霧也變得能稍微走出房間進行活動。

補充一下，如果是在「能夠立刻逃回自己房間的狀況下」而且「家裡只有一名安全的人在」似乎就沒什麼問題。像「定期測驗」時人很多的地方，即使在場都是能夠敞開心胸的朋友，也只能短時間內停留。

簡直像是只能戰鬥三分鐘的英雄。

「所謂『安全的人』，具體上是指誰？」

當我這麼詢問時，妹妹露出忸忸怩怩的躊躇表情……

「……像是……哥哥之類的。」

「像我的？還有呢？——像是妖精或是惠嗎？」

「…………………………………………………………呃……」

「？」

「………………………………………………祕密。」

說出這樣的回答，到底為什麼會是祕密呢？

總而言之，我被列入「安全的人」這個範疇裡。即使我在家裡，紗霧還是能在某種程度上自由活動，似乎是這樣子。雖然某種程度到底是什麼樣的程度也讓我有些疑問。

我真的打從心底想要祝賀這是個很好的傾向。

但是……因為這個情況，我們兄妹的生活也產生新的問題。

例如說，我在房間工作時……有時候就會從背後感受到奇妙的視線。

當我轉頭往那邊偷瞄時——

「…………！」

房門立刻關上，這一瞬間總覺得自己好像看見黑色的人影……

「是我看錯了……嗎？」

一開始我是這麼想的，可是相同的情況卻連續發生好幾次。

我在廚房煮飯的時候……有時候也會感受到奇妙的視線。

當我轉頭往那邊偷瞄時——

「啊哇哇哇！」

有個嬌小的人影……

鬼鬼祟祟地從那邊逃跑。

「…………這、這是什麼情況？」

另外有時候當我洗好澡，正在更衣間擦拭身體時——

經常會感受到奇妙的視線，這視線正好落在我的臀部附近。

「是、是誰！」

「！」

躂躂躂！那個人影用彷彿會冒出這種狀聲詞的速度逃跑。

到、到底是誰——不用想也知道犯人是誰啦！

「喂！妳給我差不多一點！」

我全裸追在偷窺犯後頭，跑在我前面的「那傢伙」回頭往這邊偷瞄後……

「呀啊——！」

就發出失禮的慘叫聲並且摔倒。當然不用我多說，犯人的真實身分就是紗霧。

我慌忙衝到摔跤的妹妹身邊。

「紗霧！妳沒事吧！」

「把衣服穿起來！穿起來！穿起來！」

紗霧暈頭轉向地大喊著，我則毫不理會地抓住妹妹的肩膀。

「現在哪管得了那麼多！紗霧，我現在扶妳起來！」

如果這是動畫的話，絕對就會像《犬神！》那樣局部被進行處理吧。

這正是大象叫聲會不斷響起的場面。

「你、你你你是故意這樣的吧！哥哥真是變態！」

「輪不到妳來說！妳這個偷窺狂！情色漫畫老師！」

「人家不認識叫那種名字的——噫！」

我們立刻舉行家庭會議。

「哼……真是的！哥哥你唷！居然給妹妹……看、看見那種奇怪的東西！差勁！如果害我作惡夢要怎麼辦！」

「為什麼是妳在生氣啊！想發脾氣的人是我啊！」

時間是同一天晚上七點，地點在「不敞開的房間」裡頭。我跟裝備耳麥的妹妹就這樣面對面站著，展開激烈的爭論。

「哥哥是笨蛋！色狼！變態！」

「這句話我直接原封不動還給妳！妳這個情色妹妹！偷窺狂！」

「我才沒有偷窺，只是偶然看見而已嘛！」

妹妹啊，妳這藉口也太牽強了。

「把更衣間的門打開一點點，還緊盯著我的屁股看，這叫做偶然？」

「你、你怎麼講這種話呢！真不敢相信！」

「妳這種當女孩子被逼急了，就惱羞成怒來轉移話題的方法是跟誰學的？還是說這是種本能？」

每位女性都會這樣呢。

「妳可別想不回答我的問題，然後試著模糊焦點喔。」

「……咕唔唔。」

紗霧緊閉雙眼又咬牙切齒。

「好了，妳老實地說出來吧——紗霧，為什麼要偷窺我換衣服？妳就那麼想看哥哥的屁股嗎？」

「真的不是這樣啦！」

似乎不是這樣。

「那到底是為什麼？」

「……那、那是因為…………」

「是因為？」

紗霧的雙頰瞬間染上紅暈，然後低著頭小聲說：

「…………可以出來了。」

「？妳說什麼？」

「因為可以從房間走出來了…………所以就……跑去做些以前沒辦法做的事情而已。」

呃……？

「因為可以走出房間了，所以毅然實行以前沒辦法對哥哥做的性騷擾行為——是這麼一回事嗎？」

「不、不對……不是這樣……」

無法把自己的意思表達出來，讓紗霧焦急地揮動雙手。

「……就只是……稍微想看一下而已……哥哥在……煮飯的時候或是……睡、睡臉……之類……這些的……」

「啥？」

完全搞不懂，看這些東西會有什麼樂趣嗎？

我稍微思考一下後……

「啊，我懂了！」

「！」

我腦中閃過的想法，讓紗霧產生激烈的動搖。她發出「啊哇，啊哇」的聲音，連耳朵也變得通紅。然後像是要表達「別再說下去了！」猛烈揮動雙手。

我毫不在意地說出腦中閃過的想法。

「這是插畫的取材對吧！」

「…………咦？」

紗霧眨動她那圓滾滾的眼睛。

「這麼說起來，之前我寫好的原稿裡有男性的入浴場景呢。」

「咦？咦……？」

「『情色漫畫老師只想畫有親眼看過的事物』——所以為了繪製男性的裸體，才會跑來偷看哥哥換衣服吧！」

「！」

紗霧無比動搖地用手指著我。

「沒、沒、沒錯！是、是取材！」

「果然如此！」

「……嗯……這、這是為了取材……要將其實我也不想看的哥哥屁股……親眼烙印在腦海裡才行……我是這麼想的。」

她一臉充滿苦澀的表情。

竟然說自己也不想看，不用說這種多餘的話吧，這傢伙。

「既然這樣，那我要現在脫光嗎？」

我把手伸向褲子的皮帶，結果紗霧慌忙用手制止我。

「不、不用……不用啦！絕對不可以！我、我已經取材取夠了！——不、不可以脫衣服！」

「啊，是喔。」

「對！好，停了停了！這個話題到此為止！」

紗霧微微舉起雙手，強制結束了這場家庭會議。

我是沒有什麼異議，於是說聲「總而言之……」就轉為別的議題。

「紗霧妳如果是跟我兩個人獨處，就能走到房間外頭了吧？」

「嗯、嗯。」

難得可以像這樣跟紗霧交談，所以我就順便說出口。

「其實……我也想過如果妳能走出房間外頭的話……我也有些事情想跟妹妹一起做。」

「……哼、哼嗯～」

紗霧微微抬頭看著我。

「是什麼事？……我姑且聽聽。」

「跟哥哥一起洗澡吧！」

「————」

啪！一記強烈的巴掌猛烈打在我的鼻子上。

「討厭！討厭！最討厭你了！」

該怎麼形容紗霧呢……她露出很可愛的憤怒表情，怒氣沖天到頭頂都要噴出蒸氣了。

我用手按住鼻梁，反覆說著：「開玩笑的！這開玩笑啦！就說是開玩笑嘛！」

「痛死了……不要那麼生氣啦，這只是個可愛的玩笑話啊。」

「我、我我我、我如果說『好啊。』的話，那就不是開玩笑了吧！」

「那當然！」

「笨蛋！色狼！」

老實說，這真是有趣到不行。即使知道妹妹會生氣，也還是忍不住想這麼捉弄她。

我讓腦袋跟舌頭更加高速運轉。

「如果是『普通的兄妹』的話，就會一起洗澡呀。」

「那是什麼輕小說才有的兄妹？」

「不不不！現實裡頭也經常聽說兄妹一起洗澡這種會讓人發出微笑的趣聞吧？」

「那是年紀還小的時候吧！」

「妳也還很小啊。」

紗霧擺出用手遮住自己胸部的動作，狠狠瞪著我。

「我、我已經國中二年級，已經是大人了！」

她鼓起臉頰又嘟起嘴唇。真的是大人的話，應該不會說自己「已經是大人了」這種話吧。

怎麼可能會有這麼可愛的大人。

「像那些偶像之類的，偶爾也會自己公開說『我到國中為止都還跟哥哥一起洗澡喔～～』這種趣聞吧。這就代表……這在社會上並不會被認為是什麼有問題的行為吧。」

「哼，那只不過是策略性宣傳自己的天然呆萌而已！要不然就是把自己跟男朋友的事情，說成是跟哥哥或弟弟做的罷了！」

意外地，我的妹妹會去深入解讀這種事情耶。

「唉……那沒辦法了，我就放棄『跟妹妹一起洗澡』吧……」

「……那當然。你、你幹嘛一臉充滿悔恨的表情……」

「……穿泳裝一起洗的話也可以啊～～……」

「你、你很煩耶！那樣更不行！」

也是啦，如果把「跟妹妹一起洗澡」這件事加上「泳裝」這要素，會讓人發出微笑的印象就會立刻消失無蹤。反而會讓人感到煽情。

「那麼，就重新來講講——『我想跟能夠走出房間的妹妹一起做的事情』第二項吧。」

「……………」

紗霧用會讓人背脊打寒顫的冰冷視線看著我。

「不要用那種眼神看我好嗎？……這次可是很正經的事情。」

「所以剛才那個……果然是在胡鬧惡搞啊。」

被發現了。

「那我要說嘍。紗霧，以後妳可以每天都跟我一起吃飯嗎？」

從妹妹還無法走出「不敞開的房間」的時候，我就一直有這樣的願望。由於有各方面的阻礙，所以才害我之前連提都無法提出。

現在我終於能說出來了。坐在同一張桌子上，吃著相同的料理，一起聊天，互相談笑——這應該就是我們兄妹過去曾經擁有，但現在已經失去的……家庭生活吧。

紗霧聽到我的提案後……

「……………咦……」

她一瞬間陷入呆滯以後，才突然回過神來。

「你、你說每天……嗎？」

接著立刻……變得滿臉通紅。

「就是要永遠一起吃的意思。」

「……永遠……一起……」

紗霧低下頭，不知為何非常害羞。

我有說什麼奇怪的話嗎？我覺得自己是很認真在拜託她啊。

紗霧忸忸怩怩地搖晃身體，同時用火紅的臉龐詢問：

「哥、哥哥……你這是……什麼意思？」

「？就算妳問什麼意思……但意思就跟我說的一樣喔。每天由我來作飯，然後家人們坐在同一張桌子上……一起用餐。老爸還在的時候，我們家就有這樣的規定在。」

由於老爸常常把兒子放著不管，讓京香姑姑好幾次大發雷霆說教之後，就有了這樣的規定。

「所以……今後要不要也這樣做呢？就是這種提案。」

要再次重拾普通家庭的日常……我是這麼想的。

「啊…………哼、哼嗯……這樣啊。」

聽到我的提案後，紗霧好像雖然不滿卻似乎也能接受，總之她用一臉不可思議的表情嘟著嘴巴。由於無法猜透妹妹的心意，所以我回問：

「妳以為是什麼樣的意思呢？」

「……不知道。」

她哼一聲就把頭撇過去……為什麼會生氣呢？

我用手指搔搔後腦杓，問她說：

「那……妳覺得我的提案如何？」

「不要。」

紗霧立刻斜眼回答我。

「為、為什麼？」

「…………………因為會害羞。」

雖然這對我來說，實在是個不太能理解的理由……

「是嗎，我知道啦。」

但我原本就不打算勉強妹妹。雖然遺憾，不過我也立刻就能接受了。

紗霧則低著頭，小聲說：

「……等哪天再說吧。」

幾天後，我在編輯部的會議區跟責任編輯神樂坂小姐見面。

「和泉老師，老實說……我今天有件重要的事情要以責任編輯的身分跟你商討一下。」

「重要的事情！終、終於要動畫化了嗎！」

我發出喀噠的聲響猛烈站起，結果她露出令人火大的笑容說：

「很遺憾！完全猜錯了！——不是這件事，我是要跟你商量我們公司這個月底的活動『春之祭典』。」

「……什麼嘛，不是喔……呼唔……」

我失望地垂下肩膀，接著重振精神後詢問：

「『春之祭典』……，所以是簽名會的事情嗎？」

不知道各位還記不記得……就是去年四月讓我知道情色漫畫老師真實身分的契機，也就是「和泉征宗的簽名會」這件事。

那是出版社每年四月舉辦的「春之祭典」這項活動的一環，而這將會在池袋舉行。

我和泉征宗今年也在幾個月前接到簽名會的委託。

所以講到「春之祭典」的話，我想就是這件事沒錯。

可是……

「雖然跟這件事也有關係，但主題是另外一件事。」

神樂坂小姐探出身體繼續這麼說：

「這次我們也想請和泉老師登台參加舞台活動。」

「咦？妳說舞台活動……是嗎？」

責任編輯這意外的請求，讓我不停眨眼。

「是的，不過會這麼匆忙是總編輯的問題而不是我的錯喔。我這次在會議等等的場合可是非常努力推薦《世界妹》呢！總編輯因為腦袋很硬，所以說服他得花上很多時間！因此才會這麼晚跟和泉老師報告，變得好像事情決定之後才請求你的同意～～這真的是很遺憾呢！沒錯……這次的種種情況都是上頭不好，不是我的問題！唔，真是群難以原諒的傢伙！我明明如此盡心盡力了！……和泉老師你一定能理解我的苦衷吧。應該乾脆直接讓我來當總編輯才對！我神樂坂根本沒有任何疏失！」

這個人是不宣稱自己沒有錯就不知道怎麼開口講話啊？

「我當然能夠理解——所以，結果到底是怎麼一回事？」

「鏘鏘～～！今年的『春之祭典』的主要活動項目裡，我已經緊急取得《世界上最可愛的妹妹》的獨立活動時段了！」

「喔……！」

這不是件好事情嗎？雖然事情在我不知道的時候擅自進行實在有點那個，不過這當然能為作品進行宣傳吧。而且既然要舉辦活動的話，應該也會企劃一些能夠讓讀者高興的驚喜。

「既然能舉辦獨立的舞台活動，那代表會製作作品的ＰＶ播放，接著進行作者訪談——然後發表跨媒體製作的消息！是這樣沒錯吧！」

「一般來說是這樣。」

「難、難道說！現在只是還對我保密，到了當天就會有令人驚喜的動畫化發表——」

「就跟你說沒有嘛。」

……啊，這樣啊。

「然後因為預算的關係，所以也不會製作ＰＶ。」

「咦——」

「雖然這樣講也很奇怪，但相對地我們有考慮過是不是要請情色漫畫老師來繪製一張活動用的主視覺插畫。」

「喔！」

「不過實際上，這張插畫老早就完成了。」

「……我沒聽說過這件事耶。」

也完全沒有看過插畫草稿之類的。

「因為我沒說嘛——然後啊，現在正緊急製作跟主視覺插畫上女主角相同的角色扮演服裝。活動進行時會請可愛的女孩子來穿上。」

「喔，這真是不錯呢！」

是要請宣傳模特兒過來嗎？這樣子情色漫畫老師一定會很高興！

原來如此，是把預算花在這種地方了吧。只要好好聽完說明，整件事也就能接受了。

「舞台活動本身是以訪談形式來進行，主要就是回答讀者的詢問，跟說些不為人知的創作祕辛，大概是這種感覺。」

「這邊就輪到我上台了，是吧。」

「是的，採用的是『與讀者間的一體感』這個概念！——你覺得如何呢？」

嗯，感覺很有趣呢。這就跟簽名會一樣，是個可以跟喜歡我的著作的讀者們見面的貴重場合吧。而且也是跟今後發展有關的重要宣傳機會。

雖然沒有要發表跨媒體製作，所以是個比較平凡的舞台……但既然如此，我希望能有個可以讓讀者們盡興而歸，覺得「有來參加真是太好了」的活動。為此……

「如果我可以的話，請務必讓我上台。老實說，我很不擅長在眾人面前講話，也不是個適合參與舞台活動的人——不過這都是為了作品與讀者們！」

而且也是為了我們的夢想！

我充滿信心地答應。於是神樂坂小姐伸出右手展現要握手的姿勢，並且露出燦爛的笑容。

「我一直深信和泉老師絕對會這麼說！」

我握住她的手站起來。

「是！絕對要讓這個活動以成功收場！如果有我能辦到的事情，請盡管跟我說吧！」

「我在企畫書上寫了『情色漫畫老師將在舞台活動上初次露面！沒想到她的真實身分竟是個美少女！』這樣的內容，所以麻煩你說服她嘍♪」

「妳白痴喔！」

啪！我用力甩開這個充滿信賴的握手。

真是短暫的羈絆！

這傢伙是白痴嗎？

……我是說真的。

這傢伙是白痴嗎！

「這根本不可能辦到吧！情色漫畫老師的真實身分跟我們家的情況，妳應該很清楚才對啊！」

「嗯，我很清楚呀。」

這是什麼厚顏無恥的表情。

「那、那這樣妳也很清楚，要讓情色漫畫老師登台參加舞台活動是絕對不可能的事情吧！說什麼初次露面，就算天崩地裂也不可能實現啊！」

「哎呀，可是企畫已經通過啦。現在已經沒辦法變更，如果不想辦法解決可是會非常困擾的喔。」

神樂坂小姐若無其事地講完後，又握緊拳頭強調說：

「整個計畫早已開始運作了！沒錯——這已經跟幾十……不，幾百位專業人士有所關聯了！大家都是為了這個『春之祭典』，然後最重要的就是為了將你的作品炒熱起來！和泉老師你覺得可以為了你自己的任性，而阻止如此巨大的洪流前進嗎？」

這個傢伙，竟然想把風向帶到好像是我不好一樣，我可不吃這套。

可惡，該怎麼辦才好。

「神樂坂小姐妳這樣真是令我不敢相信！為什麼要說這種話呢！」

總之我先試著用紗霧直傳的惱羞成怒來爭取時間。

「當然是為了和泉老師啊！不管什麼時候我都是站在負責的作家這一邊！」

可是……沒有效果！我這拙劣的惱羞成怒被她輕鬆帶過。

神樂坂小姐轉動手指頭說：

「最近不是有插畫家在公開場合露面，結果變成超人氣實況主的例子嗎——」

「……這是指愛爾咪老師對吧，所以怎麼樣了嗎？」

「那個宣傳效果非常有效喔，所以我也想讓我們出版社的創作者來試一次看看。情色漫畫老師的真實身分竟然是美少女！這種方法雖然是換湯不換藥，但還是充滿破壞力對吧？不覺得這一定能讓人氣呈現爆炸性成長嗎？」

「那是當然啦……畢竟我家妹妹超可愛的。愛爾咪老師雖然也是美少女，但是跟我們家那個會發出有如奧利哈鋼光輝的紗霧比起來，她就跟鐵鋁罐沒兩樣嘛。」

「那務必請你要證明這一點！因此請去說服紗霧妹妹吧！」

「所以就說不可能嘛。就算我想乘勢這麼做，不可能辦到的事情還是不可能。」

「哎呀，還真頑固。如果是平常的和泉老師，剛才那樣就能讓你就範了呢。」

「那真是遺憾呢！」

如果這件事只跟我自己有關，大概已經被花言巧語說服了。

但是事關紗霧的話就另當別論，必須用堅決的態度來面對。

「嗯……原來如此原來如此。這代表說『讓紗霧妹妹在活動中露面』這件事是不可能的，這樣我明白了。可是，和泉老師啊，剛才我也說過了，要在這個活動上『讓情色漫畫老師露面』這件事已經決定，無論如何都無法改變。」

「…………………」

「啊，我明白你想說什麼喔～雖然很明白，但還是請你聽我說完。我再重複講一遍喔——『要在這個活動上「讓情色漫畫老師露面」這件事已經決定了，無論如何都無法改變』。」

唉——

我漸漸開始理解這個人想說什麼了……真討厭自己竟然能夠理解……

「…………………所以？」

我厭煩地回應她後，神樂坂小姐露出有如邪惡宰相般的表情呵呵笑著。

「請你找個非常可愛的人，來擔任情色漫畫老師的替身吧。」

……這是怎樣？

這樣很不好吧！根本是欺騙大眾啊！「找個情色漫畫老師的替身」——我實在不認為這是個

好方法，至少我自己在心理上還滿抗拒的。

情色漫畫老師本人應該也不會喜歡這個提案。

雖然各位可能會覺得我太過在意，但這真的會產生一種我們的夢想被玷污的不愉快感受。

同時我也明白神樂坂小姐說的話。先把個人情感擺一邊，想要顛覆會議上已經決定的事項……是非常困難的吧。

為了宣傳作品……這一點我也能理解。如果被說這是為了讀者，我也實在難以抗拒。情色漫畫老師的初次露面——能實現的話絕對能炒熱氣氛，讀者們也會很開心吧。作品如果能暢銷，就有可能獲得跨媒體製作的機會。

是該把這些問題都吞下去，硬著頭皮去做呢……？還是說要重新考慮然後拒絕呢……？

「唔……」

總而言之，還是先找情色漫畫老師商量一下吧。

我就這樣在沒有決定自己方針的情況下離開編輯部，前往「不敞開的房間」。

情色漫畫老師聽完我的說明後先稍微思考一下，接著開口第一句話就說：

「……要……要露面是……不可能的……」

她緊閉上雙眼，臉色也開始發白。

我急忙溫柔地說：

「這點我當然很明白，我也已經確實拒絕了所以妳放心吧。不過啊……結果就變成要『去找能夠當情色漫畫老師替身的人』。」

說明完神樂坂小姐的提案後，紗霧再度陷入沉默。

「唔唔……」

她皺起眉頭煩惱，接著才稍微抬頭向我偷瞄並問說：

「哥哥你……想要參加嗎？……舞台活動。」

「嗯，但是我不想做妳不喜歡的事情。」

雖然在為了書迷以及為了宣傳作品這方面，這是很重要的活動。但我有更加重要，也必須優先於這些事情的事物存在。

紗霧低聲說「……是嗎？」後就低下頭。

隔了一陣子以後，她這麼說：

「……雖然……很不喜歡……但是看對象的話……」

「對象……是指要拜託對方擔任替身的對象嗎？」

「對。」

情色漫畫老師微微開口，用靠耳麥擴大的聲音說：

「如果無論如何都必須找人當我的替身……就要找以後可以一直擔任『情色漫畫老師』，而且不會背叛我們，還要是個誠實，不會在公開場合說些奇怪發言……最好是個……值得信賴的人。」

「嗯……」

情色漫畫老師提出的條件是讓人心服口服的內容。

她說得沒錯。如果要找人當情色漫畫老師的替身，就不能是只撐過這次活動。如果讓無法信任的傢伙擔任，然後發生「其實我不是本人……」的狀況就糟了。

輕浮的傢伙或是嘴巴不牢靠的傢伙都不行，也不能只是靠金錢僱用的關係。

「如果是個……可以讓我覺得這個人能代替我……能放心讓她以我的身分……跟粉絲們交談也沒問題的人……如果是個……能讓我覺得可以為她的發言負起責任的人……這樣就……不算背叛粉絲們……」

這樣也不會讓「我們的夢想」被玷污……嗎？

紗霧說出來的條件，對我而言也是個勉強能妥協並且絕對無法讓步的界線。

「問題是……究竟找不找得到這樣的對象吧。」

「唔……」

「再加上還要合乎企畫主旨，就必須是個超級可愛的女孩子才行。跟紗霧同樣可愛的女孩子根本不存在於這個世界上，所以這邊也只能妥協。但是真的有辦法找到能讓我們妥協的美少女，而且又是個合乎剛才那些條件的人嗎？」

回過神來我才發現，紗霧的臉紅得跟蘋果沒兩樣，而且正低著頭。

「怎麼了嗎？」

「不、不知道啦！笨蛋！」

「這是怎樣啊。」

「就、就說不知道了嘛！比起這個……」

「比起這個？」

「如果要找人當我的替身…………我認為最好是個胸部很大，而且又性感的人！」

「咦咦……？」

這傢伙在講什麼鬼話，現在可沒空管這些吧。

「那樣感覺不會很奇怪嗎？如果一個巨乳又性感的美女以情色漫畫老師的身分站上舞台，我可沒有自信能忍住不笑出來喔。」

「你、你也太失禮了！」

憤怒的妹妹拿起平板不停敲打我的頭。

「好痛！很痛耶！但先不說笑，現在可不是裝腔作勢的時候了啊。」

「我、我才不是裝腔作勢！呃……意、意思就是說找些形象跟我不同的人也沒關係啦！」

騙誰啊，妳的發言裡明顯充滿了想營造出情色漫畫老師等於巨乳這種形象的強烈意志。

「嗯，不過……如果說跟紗霧不同類型的美女也可以的話，我想想……」

符合這個意見的情況下……有沒有適合的人選呢？

我想想看。

美少女或美女、值得信賴、不會背叛、誠實……

「……小妖精……如何？」

「雖然那傢伙是很值得信賴而且又超可愛……但她老早就公開露面了，而且又是個會說奇怪發言的笨蛋喔。」

「……對喔。」

這是段如果被妖精聽到，想必她會大發雷霆的對話。

「……相同理由的話愛爾咪也不行……那小村征呢？」

「村征學姊的確值得信賴，也超可愛又是巨乳……可是她太天然呆會講些奇怪的發言，而且又是個超級不諳世事的千金大小姐。再加上也很怕正式上台，不適合參加舞台活動的程度搞不好跟妳不相上下喔。那個人連自己作品的發表會都沒有參加了耶。」

那明明幾乎是強制參加的活動，招牌作家的權力還真是厲害。

「唔……那、那這樣……呃……小惠呢？」

「惠的確值得信賴也超可愛，即使站上舞台也會落落大方地說出很風趣的發言……不過她喜歡引人注目又愛講話，再加上網路素養可說是低到充滿毀滅性，所以產生延燒性話題的風險特別高。而且她在足立區也很有名，讓她擔任替身感覺會發生各種問題。」

「唔——」

紗霧不禁抱頭呻吟。

值得信賴，可以把「情色漫畫老師」這名字託付給她的對象……原來可以想到這麼多呢。

話說回來——

我跟紗霧真的有很多好朋友。

如果是剛才列舉出的替身候補人選……要選……惠嗎？

「好啦——該怎麼辦呢？」

不對——等等，等一下喔……總覺得好像想到些什麼。

記憶的角落裡頭，似乎有些東西。

美少女或美女、值得信賴、不會背叛我們、又誠實……

「？……怎麼了嗎？」

我沒聽見紗霧擔心的聲音，只顧著喃喃自語並探索記憶的深處。

「…………跟紗霧同樣可愛的女孩子，根本不存在於這個世界上……」

真的是這樣嗎？

即使翻遍所有記憶，自己也還是會說相同的話嗎？

「這句話為什麼會讓我如此在意呢？跟紗霧差不多可愛的容貌，我明明沒有在電視上看過……那這樣我是在哪邊看到的呢？……真的嗎？騙人的吧？那樣的話，為什麼我沒有一見鍾情？是在哪裡見到的……？這裡？我家？——————什麼時候？」

「哥、哥哥？」

「————就是這個。」

「咦？」

我無視被我大聲驚呼嚇到的紗霧，衝出「不敞開的房間」。接著前往一樓——雙親的房間，用手指沿著巨大的書架調查。

「記得是在這邊……有了！」

我拿著從書架上發現的「那個」，急忙跑回紗霧身邊。

「紗霧！」

「哥、哥哥……你從剛才開始……是怎麼了？」

「別管那麼多，快看看這個！妳一定會嚇一跳！」

啪！

我把從老爸書架上拿來的「那個」——也就是家庭相簿打開，拿給紗霧看。

「————！」

最喜歡美少女的變態插畫家情色漫畫老師也不禁屏息，目不轉睛地凝視「那張照片」。照片裡的是——

「哇啊！這、這個是！」

有著跟紗霧相同可愛的容貌。

第一章

穿著跟紗霧相同國中的制服。

一名極度惡意賣萌的雙馬尾美少女妹妹——

正露出害羞的微笑跟哥哥站在一起。

四月某日。也就是「春之祭典」當天，作為會場的bellesalle秋葉原與周邊的店舖都舉辦了眾多的活動。我和泉征宗的簽名會，也是其中之一。

「和泉老師、情色漫畫老師——勞駕兩位來到秋葉原了，真的非常感謝你們。那麼關於今天的活動行程，請參閱手邊的文件。」

在bellesalle秋葉原地下一樓的休息室裡，我和情色漫畫老師正在聽神樂坂小姐講解活動的過程。我跟情色漫畫老師並排坐在折疊椅上，隔著桌子跟對面的神樂坂小姐面對面。

現場只有剛才說過的這三個人。

也就是由知道「內情」的人在進行事前的講解。

休息室裡貼著由情色漫畫老師繪製的主視覺海報。

我跟情色漫畫老師照她說的低頭看向列印出來的文件，那是只有一張的簡易節目表。神樂坂小姐高興地進行說明，彷彿還想用鼻子哼歌一樣。

「十一點開始要請兩位在地下一樓大廳參加《世界上最可愛的妹妹》的舞台活動，然後是午休時間，接著請各位至二樓休息室，從下午一點開始就是兩位的簽名會。到此有什麼疑問嗎？」

穿著拘謹套裝的情色漫畫老師舉起手來。

「是，請說吧，情色漫畫老師。」

「…………有必要現在就用那個名字叫我嗎？」

「呵呵呵呵，這是為了先習慣啊。所以我覺得從現在就這麼稱呼會比較好～～♪」

用比平常要明亮的活動用服裝和化妝武裝的神樂坂小姐，從剛才開始就滿臉笑嘻嘻的。看起來好像超級開心。跟全身被漆黑的不滿情緒所包圍的情色漫畫老師可說是完全相反的模樣。

當然，她並非真正的情色漫畫老師——也不是紗霧本人。

尖銳的眼光，挺直的腰桿，威風凜凜的套裝模樣。

能將視線所及之物全數凍結的「冰之女王」。

我唯一的血親。

她是我跟紗霧的監護人，和泉京香姑姑。

「……好吧。那麼神樂坂小姐，我想確認關於簽名會方面的事情。我只要參加舞台活動，簽名會不需要登場，是這樣沒錯吧？」

「沒錯。當然，其實我們也很希望妳能以情色漫畫老師的身分參加簽名會——不過老師本人說了『給替身簽名的話就會變成仿造品了所以不行！』這樣的NG意見，所以也沒辦法。」

我們這次的簽名會只有和泉征宗會出席。採用的方式是由我事先在真正的情色漫畫老師已經簽好的簽名板上再簽上我那超爛的簽名，然後親手交給書迷。難得這是情色漫畫老師露面的活動，書迷們應該會感到遺憾吧。但只有這點真的沒辦法，真的很抱歉，請各位見諒。

「我的問題就這些，請繼續說明。」

「是的。呃，那這樣——」

神樂坂小姐在桌上擺上耳麥。

「當舞台活動進行時，請兩位把這個戴上。」

「為什麼呢？」

「因為真正的情色漫畫老師提出『我想盡可能把自己的話傳達給粉絲們』這樣的請求。」

「……也就是說，活動中那孩子會透過這個麥克風發出指示吧。」

然後不只是京香姑姑，這個聲音也會讓我聽見。

「就是這麼一回事♪」

「……我明白了。」

情色漫畫老師沉重地嘆了口氣。

我向她低頭鞠躬。

「京香姑姑，真的非常感謝妳。肯接受我們的請求……」

「不會。正宗你終於學會拜託大人，這比什麼都重要。」

值得信賴、不會背叛，並且誠實……

能夠跟紗霧匹敵的超可愛女性。

京香姑姑正是幾乎滿足情色漫畫老師提出條件的人物。

我一直把這個人當成「敵人」看待。

從小時候開始就一直認為她很討厭我。

還因為她想要硬把躲在房間的紗霧拖出來，所以將她想成是有如惡鬼般的人畏懼著。

但是——

——紗霧，妳真的很努力呢。

但這似乎……都是誤會。只不過把她當成敵人的期間實在太過漫長了……老實說，我現在也還沒有完全放鬆警戒。

明明想把京香姑姑當成家人，也明明覺得如果能夠再次成為家人一定會非常美好，但無論如何還是沒辦法做到。

如果她是會給紗霧帶來危害的人……這一條界線還是無法跨越。

明明知道絕對不會有這種事情發生。

「如果能夠為你們兄妹做些什麼的話，我也會感到很高興。」

這是用凍結般的語氣說出來的溫暖話語。

我想相信後者才是真實的心情。

所以——

就試著向她撒嬌看看吧，我是這麼想的。

雖然是小孩子般的作法。

但是盡情向她撒嬌，說些任性妄為的話，如果「今天」順利結束的話……

我想跟這個人成為家人。

我跟妹妹這麼說……

並且拜託京香姑姑，說想把情色漫畫老師託付給她。

沒錯……記得就是像這樣——

『京香姑姑……那個……我有事情想拜託妳。』

『正宗，你沒必要那麼緊張。想說什麼盡管說吧，我可是你們兄妹的監護人。』

那我就不客氣了——

『只要一天就好，請代替紗霧成為情色漫畫老師吧！』

『……………………………………………………』

京香姑姑露出有如地獄的閻羅王的表情。

『這是……什麼意思？是要我……去當情色漫畫？』

『不是！不要要妳去當情色漫畫的模特兒的意思喔！』

『我、我知道！我只是稍微聽錯了而已！』

唔噫！

即使差點被京香姑姑釋放出的寒氣凍結，我還是說明了事情經過。

『也就是……我們希望京香姑姑能代替紗霧，以情色漫畫老師的身分進行舞台活動。』

『……原來如此……是這麼一回事啊。』

聽完說明之後，京香姑姑依然用嚴厲的眼光瞪著我——看起來像是這樣。

但是她並沒有在生氣……應該。

『呵、呵呵呵……呵呵呵呵呵。』

雖然這好像是在騙人！她的表情完全沒有在笑耶！

『也就是說，你的意思是這樣對吧？——要我這個笨拙又怯弱膽小的人，登上有幾百名御宅族聚集的舞台活動是嗎？』

咦？笨拙又膽小怯弱？這在講誰啊？

『然後要我這個靦腆怕生的人，在大家面前自稱「我就是情色漫畫老師」是嗎？』

是的。

『而且還要我拿起紗霧畫的……那個露出很多肌膚的女孩子插畫，自豪地宣傳說「這都是我畫的！」——你是想這麼說嗎！』

『……………………』

『正是如此！我跟紗霧一起想過許多候補人選，但其他人都無法勝任！』

『現在只能拜託我們兄妹的家人京香姑姑妳了！拜託！』

我抱著必死的覺悟說出口。

結果——

她沉重地嘆了口氣。

『正宗，你聽好了……坦白說，我這個人非常不適合參加要在他人面前發表言論的活動。從我出生二十多年以來，我一直被他人誤解、畏懼跟厭惡——現在也像這樣，讓眼前的姪子感到害怕。』

要比喻的話，這就像被大人斥責時的那種沉重氣氛。

而這種氣氛——現在就充斥在我家客廳裡頭。

明明京香姑姑本人都像這樣子主張說自己沒在生氣了。

所以我原本認為她接下來應該會拒絕吧。

可是她卻從口中說出令人意想不到的話。

『讓我代替紗霧登台的話，說不定也會讓你們的書迷感到害怕。』

她顧慮著我跟紗霧，還有我們的書迷們。

『如果這樣也沒關係的話，我會盡我所能幫忙。』

用緊張又認真的表情接下這份請託的京香姑姑，看起來就像我們兄妹的姊姊一樣。

——場景回到現在。

活動的說明跟討論告一段落之後，休息室裡頭呈現出一股緩和的氣氛。大家各自拿起飲料喝著，度過一段平靜的時間。

這時神樂坂小姐突然把杯子放下，對京香姑姑這麼說：

「啊啊，對了對了，我忘記說一件很重要的事情，其實情色漫畫老師本人對於『露面』有提出一個強烈的請求——」

「？是什麼呢？」

「她希望當妳登台時，務必要換上特別的服裝。」

「……什麼？」

「就是這套服裝！」

啪！

神樂坂小姐從休息室的衣架上拿來的服裝是……

我們的著作《世界上最可愛的妹妹》裡頭登場人物們穿的「水手服」。

而且還是為了這次活動所繪製的主視覺的特別款式。

這是件會露出肚臍的迷你裙水手服，可說是完全反映出情色漫畫老師的興趣。

「「——」」

然後上頭還貼著情色漫畫老師本人親筆寫的留言。

情色漫畫老師說——

『我想看京香穿上可愛的角色扮演服裝！』

「咳咳！咳咳！」

我含在嘴巴裡的咖啡，猛烈朝責任編輯臉上噴去。

妹妹啊！這件事我可沒聽說耶！

「紗霧妳這傢伙！給我搞這什麼蠢事！為何偏偏給我搞這種蠢事！」

我在休息室的角落對平板電腦發出怒吼。我用雙手拿著的平板電腦畫面上，映出妹妹的上半身。

她驚訝地歪著頭。

「哥哥，你是指什麼事情啊？」

「少給我裝傻！我在說妳交給神樂坂小姐的角色扮演服裝！」

「啊，已經穿上了嗎？」

紗霧用拳頭敲打掌心，露出燦爛的笑容。

「讓我看～」

「少在那說『讓我看～』啦！」

可惡，還真可愛耶！

我斜眼往京香姑姑和神樂坂小姐那邊瞄去。

「什麼！為、為為為什麼我得要穿上這種服裝才行！」

因為憤怒與羞恥而滿臉通紅的京香姑姑放聲大喊。

另一方面，神樂坂小姐的情緒則高漲到好像立刻會跳起舞來。

「所、以、啦♪這是情色漫畫老師本人強烈要求的喔～而且說起來這場舞台活動的主要概念是『那位情色漫畫老師，其實是超級美少女！』因此以我的立場來說，也希望妳穿上可愛的服裝呢！」

「美、美少……這、這種事情！我沒有聽說啊！」

「啊啊～那就是和泉老師不好啦！」

可惡！她想趁我跟妹妹說話的時候把責任推到我身上嗎！

我重新面向螢幕裡的紗霧。

「她們正在激烈爭論啊！都是因為妳搞出角色扮演服裝這種炸彈的關係啦！為什麼啊！難道

說妳還在記恨京香姑姑硬把妳拖出房間這件事嗎！」

「才不是，我是想看京香玩角色扮演而已。我認為絕對會很可愛呀。」

「啊，是喔！妳還真是個貫徹始終的傢伙！」

稱呼也在不知不覺間從「京香大人」變成「京香」了。

「……而、而且既然要擔任我的替身……就盡可能想讓她變得可愛點。平常的京香……雖然很帥氣……但也很土。」

當我跟紗霧對話時，神樂坂小姐也繼續在一旁熱情地說服對方。

「妳看！連紗霧妹妹都那麼說了！所以快穿上吧！來、來吧！」

「唔……可、可是！」

「順便說一下，因為這個角色的髮型是雙馬尾，所以請妳把假髮也戴上吧。來，就是這個。」

「我已經超過二十歲了耶！」

「所以？絕對沒問題的啦！只要適合的話，髮型跟年齡是沒有關係的。」

神樂坂小姐指著播放舞台情況的螢幕。

「來，請妳看看這邊！現在舞台上那位擔任主持人的聲優年紀也比京香小姐還大，可是依然綁起雙馬尾髮型還興高采烈地玩角色扮演。『美少女聲優』正是她的賣點，而且也有登上雜誌喔。」

「那、那一定是因為工作的關係！……如果髮型跟年紀無關的話，那神樂坂小姐也弄成雙馬尾然後自己去角色扮演不就好了？」

「咦？那樣好丟臉，我才不要。」

「～～～～～～～～～～我討厭妳！」

神樂坂小姐好強，真虧這個人敢嘲弄正在大發雷霆的京香姑姑。

我光是在旁邊看就感到胃痛了。

「和泉老師，請你也來說服京香小姐吧～」

「不可能，絕對不可能。」

會被殺掉。

這時紗霧透過Skype說出一句話：

「……我覺得京香很適合雙馬尾髮型啊，情報來源是這張照片。」

「啊啊啊啊啊啊啊啊啊啊！」

京香姑姑發出有如帝王暴龍般的咆哮。

「妳、妳是從哪邊找到那張照片的！」

紗霧近距離放大在畫面上的，是年輕時期的京香姑姑。

就連神樂坂小姐也大吃一驚。

「咦咦咦咦咦咦！這、這個超級美少女是誰！」

「是國中時代的京香姑姑，可愛到不行對吧。」

「可、可愛……！」

如果是這個年輕貌美的「冰之公主」，應該就能夠勝任紗霧的替身。雖然成長之後已經變成不同類型的女性，但她的魅力依舊沒有任何衰退。

但是適不適合雙馬尾就不知道了。

京香姑姑生氣到不停亂揮雙手。

「快住手！快點住手！連、連正宗你都……在說些什麼蠢話……！紗、紗霧也快點把那照片刪掉……！」

「不要。」

「為、為什麼！」

「我們這次要盡情地向京香撒嬌……我跟哥哥已經這麼決定了。」

「————」

京香姑姑瞪大眼睛僵硬在原地，不久後才回過神來看著我的臉。

即使被有如冰柱的視線貫穿，我還是勉強說明事情的緣由。

「呃……是……這樣沒錯。我們一起討論後……決定這麼做。如果能盡情向妳撒嬌個一次，我們覺得應該能消除掉……種種的隔閡……吧。」

雖然不管怎麼說，情色漫畫老師都太盡情撒嬌了。根本完全暴露出自己的欲望。

我也沒聽說會做到這種地步啊。

「是……這樣嗎？」

京香姑姑的怒氣就像霧氣般消散，她重重地嘆口氣。

她用非常陰鬱的表情看著角色扮演服裝，再看著自己國中時代的照片，最後看著我——

「我、我有說過……要讓你們對我撒嬌呢……」

她滿臉通紅並露出困擾的表情，並且低聲說：

「…………我明白了。那就穿吧，這個什麼角色扮演服的。」

真的假的。

沒想到竟然ＯＫ了……

在bellesalle秋葉原地下一樓大廳裡。

《世界上最可愛的妹妹》初次官方舞台活動已經開始了。

「歡迎各位！來到《世界上最可愛的妹妹》的活動舞台！」

擔任主持人的是責任編輯神樂坂小姐，還有前一個活動也有上台的雙馬尾偶像聲優。

來賓是我和泉征宗和情色漫畫老師兩人。

兩名主持人站在面向觀眾席的左側，而我是坐在右側。

由京香姑姑扮演的情色漫畫老師還沒有上台。從舞台看下去的觀眾席，人數可說是爆滿到甚至有人站著觀看。不習慣這種場合的我，心臟激烈跳動。

——哇啊，人好多喔～

應該不是所有人都為了看我們的舞台活動才聚集在這裡的吧。

說不定之後別部作品的活動，才是他們真正的目標。

即使如此，我還是有「謝謝各位肯來參加」的想法。

我從舞台上形跡可疑地觀望觀眾席。

——喔，那個人是去年簽名會也有來的人！啊，這個人我也有印象！

我幾乎沒有什麼機會跟讀者見面，所以大家的臉孔都還記得滿清楚的。雖然應該也有人不喜歡被作者記住長相，但這點我也沒辦法所以請多多見諒。

被讀者說會一直支持我的話，我也會高興到難以忘記嘛。

還有就是把我的身分暴露給惠知道的光頭！做好覺悟吧，如果你有來今年的簽名會我一定狠狠訓你一頓。

「喂，和泉，我來參加啦！」

「和泉，要好好加油喔。」

「嘿～征宗！本小姐們也來看你嘍！」

情色漫畫老師

接著當我往最前排看去時，就發現熟悉的輕小說作家們正露出笑容往這邊揮手。
——哇，那些傢伙！居然大家一起跑來喔！被他們看著會讓人覺得很丟臉啊！
草薙學長、席德、妖精……就連村征學姊也害羞地舉起單手。
順帶一提，草薙學長預定在我們之後的下下一個《Pure Love》活動舞台登場。
然後「春之祭典」主要活動的重頭戲，就是村征學姊撰寫的超人氣作品《幻想妖刀傳》的舞台活動，不過……作者本人當然不會上台。
再說我總覺得這個人對自己作品相關的活動根本毫無興趣，只是跑來看我的活動而已。
總之我雖然緊張，但情緒也開始高漲。雖然責任編輯堅稱不會發表動畫化之類令人驚訝的消息，但這說不定也是騙人的？其實真的會發表要動畫化吧？我還是抱有一點這類的期待。畢竟她是個說謊時臉不紅氣不喘的傢伙，而且主持人還找來人氣聲優這點也很奇怪。
應該小有機會吧！真令人緊張！大概就是這種感覺。
當然也有很強烈的不安感，應該不用我多說了吧，就是這個。
「好的～～繼原作作者和泉征宗老師之後～～我們也請來這位大師♪那就是插畫家情色漫畫老師！」
會場發出驚呼聲。
我身體僵硬地看著舞台邊。
「沒想到至今一直充滿謎團的情色漫畫老師，竟然將在今天初次露面！各位！你們已經準備

好要大吃一驚了嗎～～～～～～」

好了～～觀眾席傳來一致的回答。

「好棒的回答喔～～♪那麼——終於輪到情色漫畫老師進場了！請進～～～～～～～～」

當擔任主持人的聲優小姐呼喚情色漫畫老師時——

穿著露出肚臍的迷你裙水手服的京香姑姑，全身僵硬地緩緩走上舞台。

這瞬間……

「啥！」「咦！」「～～～～～～～～～！」

觀眾席先是傳來一陣鼓譟……

「————————」

然後就轉為寂靜無聲。

……啊啊，果然變成這種情況。

這次活動的事前通知裡，雖然有直接說情色漫畫老師會登台亮相。但她的真實身分是個美少女（刻意不說是美女）這件事，一直隱瞞到剛才上台為止。

神樂坂小姐是說「這樣才能讓大家驚訝，也能造成話題」。

所以現場所有人應該都認為情色漫畫老師是名男性，就跟以前的我一樣，大多數人都會有「他是個喜歡畫色色插畫的宅宅大叔」這種想法才對。

他們大概作夢都沒想到，竟然會跑出一位身穿角色扮演服裝的美少女吧。

「……………………………………………………………………………」

跟神樂坂小姐策劃的一樣，觀眾們可說是完全嚇破膽。

妖精露出「哼嗯～～原來如此～～來這招啊！」這種理解情況的表情。

村征學姊表現出「根本就無所謂」這種毫不關心的表情。

席德則是露出「原來不是同性戀嗎——！」這種驚訝的表情。

而害怕京香姑姑的草薙學長則臉色發青地——

張開嘴巴像在說「好勉強！（都一把年紀了還穿成這樣）好勉強！」，但是當他看到舞台上京香姑姑那好像會發射出粒子光束的眼神時，就急忙用手摀住嘴巴。

登上舞台的情色漫畫老師——也就是穿上角色扮演服的京香姑姑走到舞台中央，接著面向大家。

這個時候，被嚇破膽的觀眾們也終於讓精神狀態恢復到一定程度，鼓譟聲也逐漸變大。

此時，臉頰微微泛出紅暈的京香姑姑向大家鞠躬。

「……各、各位午安。」

接著抬起頭來。

「我是……情色漫畫老師。」

「————————」

鼓譟先暫時停止……

「唔喔喔喔喔喔喔喔喔喔喔喔喔喔喔喔喔——————！」

接著響起巨大的歡呼聲。

會場的宅宅們一起站起來，猛力擺出勝利姿勢大喊著。

這種騷動簡直就像發表動畫化一樣。

由於回應太過熱烈，連打招呼的京香姑姑自己也「咦？咦？」地感到困惑。

「呀啊啊啊啊啊啊啊啊啊！」「老天爺啊！我的老天爺啊！」「唔喔喔喔喔，這是什麼情……！」

「超棒的啊啊啊啊啊啊啊啊啊！」

宅宅們全體歡欣鼓舞地起立歡呼。

「情色漫畫老師好可愛啊啊啊啊啊啊！」「好色！太色了！」「騙人的吧！怎麼可能有這種事！」「好色！我也要加入社群！」「情色漫畫老師好情色！」

「就是這個情色又可愛的美少女，畫出那些又色又可愛死人的插畫嗎？」

啪嚓！啪嚓！「要立刻上推特貼文才行！」喀噠喀噠喀噠！

已經沒人能阻擋這股熱潮，有如基連・薩比演說時的狂熱席捲秋葉原。

「情色漫畫老師！」「情色漫畫老師！」「情色漫畫老師！」「情色漫畫老師！」
「情色漫畫！情色漫畫！」「情色漫畫！情色漫畫！」

這對京香姑姑而言完全就是羞恥PLAY。
對她這樣正經又死板的人來說，毫無疑問是人生最大的恥辱。

「情色漫畫！情色漫畫！」「情色漫畫！情色漫畫！」

之後被稱為「傳說的初次露面」的這個情景之中。
穿著迷你裙和露肚臍水手服的京香姑姑（2X歲）正僵在原地臉龐到耳朵都發紅，然後淚眼汪汪地不斷發抖。

「情色漫畫！情色漫畫！」「情色漫畫！情色漫畫！」
「情色漫畫！情色漫畫！」「情色漫畫！情色漫畫！」
「情色漫畫！情色漫畫！」「情色漫畫！情色漫畫！」

而我只能不斷在內心喊著「別再喊下去了！」「真的請各位住手啊！」這幾句話。

…………

…………………………………………………………………………

會場總算冷靜下來，當情色漫畫老師——也就是京香姑姑坐下來時，她的生命值已經進入紅色瀕死範圍內。

「……呵、呵呵……呵呵呵…………呵呵呵……」

精神也已經逼近極限。

但只有坐在隔壁的我有注意到。如果說到要不讓內心情感表現在臉上，應該沒幾個人能贏過京香姑姑，這個特技現在勉強讓情況往好的方向發揮作用。

我和京香姑姑把耳麥戴上。

透過通訊，能從裡頭聽見紗霧的聲音。

《我有看現場轉播喔！有好多留言耶！能廣受好評真是太好了！》

一點都不好，妳到底從剛才那一幕裡看到什麼啊。

《嘿嘿……大家都在說情色漫畫老師好可愛……好高興喔。》

被說可愛的人是京香姑姑，可不是妳喔。

《很好！這樣子就能在影片排行榜贏過愛爾咪了！》

妳同意找人當替身的理由是這個嗎！

《……當、當然這也是為了「我們的夢想」喔，這是最重要的。》

真虧這傢伙知道我想吐嘈那個耶。

《總而言之……到目前為止都很順利。》

也是啦。

用京香姑姑的靈魂交換後，這個舞台正逐漸化為超有話題性的活動。

到目前為止的部分，可以說是大成功吧。

《咳哼。》

紗霧清咳一聲，講話也重新變回情色漫畫老師的語氣。

《京香，接下來的訪談要照我的指示回答喔。不然我想大概會被平常收看實況的人們發現妳不是本人。》

「…………………………………」

京香姑姑點點頭。即使遭受到這種對待，她還是想要為我們兄妹盡一份心力。我只能再對她表達感謝，謝謝妳，京香姑姑，真的非常感謝。

「好的！情色漫畫老師的真實面貌，想必都讓大家嚇一跳了吧～～♪」

擔任主持人的聲優小姐舉起手輕撫胸口說著。

感覺她自己也還沒有完全從驚訝中鎮定下來，但不愧是職業人士，重振旗鼓得真快。

「那我們繼續進行《世界上最可愛的妹妹》的舞台活動吧！第一個單元是『作品介紹』喔！」

舞台的大螢幕上映出《世界上最可愛的妹妹》已發售集數的封面。

「責任編輯小姐，麻煩妳嘍～」

「好，交給我吧。《世界上最可愛的妹妹》就是——」

神樂坂小姐開心地跟聲優小姐接棒。

她介紹完作品概要、主角和女主角，接著發表最新的第三集將在三月發售……然後第四集的原稿已經完成，發售日定在七月十日等等的消息。

「——大概就是這樣！請期待七月的到來！」

「好的，非常感謝神樂坂小姐！似乎是部非常有趣的作品呢～讓我也開始想要閱讀看看了♪接下來～第二個單元是這個！鏘鏘！」

大螢幕畫面迅速切換。以主視覺的女主角為背景，上頭寫著單元的名稱。接著聲優小姐再念出來。

「『對情色漫畫老師進行詢問』！」

「有眾多讀者寄來各種疑問，想詢問第一次露面的情色漫畫老師！這個單元是要請她用真心話回答這些疑問！」

神樂坂小姐在適當的時機解說這個單元的主旨。

喔喔～觀眾席傳來感嘆的聲音，真是群起勁的宅宅們。

順便說一下，我們並不知道問題的內容。既沒有寫在腳本上，去問神樂坂小姐她也不肯說。這個活動真是太需要即興應變了。

「接下來我要開始閱讀手上的這些問題了♪情色漫畫老師，請問妳準備好了嗎～～？」

「是的，沒問題。」

京香姑姑用略顯僵硬的聲音回答。

「那麼第一個問題是——鏘鏘♪」

大螢幕切換上文字內容。

「『為什麼情色漫畫老師至今都一直隱藏自己的身分呢？』」

借用京香姑姑的嘴巴，紗霧——情色漫畫老師這麼回答：

「因為我表情很恐怖。」

妳竟然叫京香姑姑本人這麼說！

京香姑姑用超恐怖的表情說著（情色漫畫老師指示的台詞），她臉上的肌肉還在不停抽動。

「我、我很不擅長控制表情……常常不小心露出很嚴厲的模樣。因為想說大家搞不好會覺得很恐怖，所以就戴上面具。但我也沒有在生氣，所以別在意喔。」

「「是～～！」」

真是群順從的宅宅。

「…………………………」

京香姑姑用充滿苦澀的表情結束第一個問題。

「下一個問題是——鏘鏘♪」

大螢幕的文字再度切換。

「『情色漫畫老師曾經說過「自己不想畫沒有親眼看過的東西」這句話，請問這是真的嗎？』」

「是、是的……是真的。」

「這樣的話——」

啪。刊載在《世界上最可愛的妹妹》第三集裡頭女主角們穿著泳裝的海報，在大螢幕上被大大地映出。

「這個超漂亮又煽情的泳裝插畫也是如此嗎？」

「那、那當然。」

「喔喔，這麼說來就是有請誰來擔任模特兒嗎？」

擔任主持人的聲優小姐起勁地詢問。

關於這個問題，從「不敞開的房間」觀看這舞台活動的紗霧老實回答說：

《是我自己穿的。》

喂、喂喂，紗霧？

《我自己穿上國中的泳裝，然後看著鏡子畫的。》

喂！情色漫畫老師！

這讓我想像出非常可愛的情景，也讓我想要發出微笑！

可是妳打算叫京香姑姑（2X歲）說出這句話嗎！

如果要說有哪裡不好，那就是國中的泳裝……

是**學校泳裝**啊！

「………………………」

「？情色漫畫老師……？請問這個插畫是找誰擔任模特兒畫出來的呢？」

「……………唔！」

在聲優小姐的催促下，京香姑姑下定決心並用力瞪大眼睛。

接著她堂堂正正地回答。露出肚臍的肚子，也像是拉長了一樣。

「我自己。」

「什麼？」

「我、我說是自己穿上國中時代的學校泳裝，然後看著鏡子畫的！」

「「真的嗎！」」

這個人是勇者嗎？

「唔哇啊啊啊啊啊啊啊啊！」「老、老師！」「這樣超變態的啊！」

啪嚓！啪嚓！「要立刻寫到ＬＩＮＥ上面才行！」喀噠喀噠喀噠！

京香姑姑這有勇無謀的態度，再次讓會場嚇破膽。

大家絕對會想像吧——一名二十幾歲的插畫家穿起學校泳裝，然後看著鏡子動筆作畫，這種衝擊性的情景！

「……是、是這樣子啊……還真講究呢……！」

就連擔任主持人的聲優小姐也驚訝到瞠目結舌。

自己說出口的京香姑姑下巴皺成「梅乾」形狀，兩眼也變得淚眼汪汪。臉龐從剛才開始就無比通紅，接著她用自暴自棄的聲音說：

「請——請進入下一個問題！」

「我明白了！請交給我吧！」

也許是從京香姑姑的聲音裡感受到某種覺悟——於是聲優小姐用力點點頭。

「下一個問題，要請會場的各位來提問！」

「要問什麼都盡管來吧！」

從眼神游移不定的京香姑姑身上，可以感受到「既然如此，那只能奮戰到底了！」的這種氣勢。

「想對情色漫畫老師提出問題的人！麻煩請舉手！」

「「我！」」「「我我我！」」

觀眾席裡到處都有人舉手，聲優小姐指著這群宅宅的其中一人。

「那邊那位戴眼鏡的人！請發問！」

「是！呃……請問妳現在有想要的東西嗎？」

聽到女性書迷所提出的常見問題，讓京香姑姑發出「呼」地鬆了口氣。

紗霧借用京香姑姑的嘴巴這麼回答：

「呃，我非常想要一本已經絕版而無法取得的書來當作插畫用的資料。」

「請問書名是什麼呢？」

「《古今東西胸部大全集》！」

情色漫畫老師！妳會不會太不客氣，回答得太老實了啊……？

京香姑姑已經羞恥到快要噴火了耶……！

負責提問的聲優小姐看起來似乎也有點不好意思。

「原、原來如此！真是了不起呢！」

雖然完全搞不懂有什麼好了不起的，但總之聲優小姐還是嘗試讓這個單元繼續進行下去。

「那、那麼——接下來請那邊那位！請發問吧♪」

「是的——我想請問現在情色漫畫老師穿在身上這套超棒的服裝！妳設計時有什麼著重的地方，或是畫起來時感到很愉快的部分嗎？請妳告訴我！」

這真是個好問題，裡頭包含了能夠炒熱訪談氣氛的要素。

《唔……著重的地方啊……》

紗霧稍微思索一陣子之後，就指示京香姑姑回答。

聲優小姐看準時機對京香姑姑出聲說：

「情色漫畫老師，麻煩妳回答♪」

「著、著重的是肚臍吧！由於是跟平常的制服相差最多的地方，於是非常用心描繪！畫起來最愉快的，是裙子跟過膝襪之間的絕對領域！若隱若現的黃金比例，煽情到會讓人情慾湧現啊！」

她穿著相當暴露的特製制服說出這句話。

也感到無比地羞恥。

從旁人看來，她完全是個好色的女性。

這一點，京香姑姑自己比任何人都還要清楚。

「再來就是背部到臀部的曲線！雖然從插畫的角度很難看清楚，但其實是最煽情也最可愛的部分，所以請務必要好好看仔細喔——但這是要怎麼看仔細啊！」

變得好像自己在吐嘈自己一樣。

因為是把紗霧講的話直接說出來的關係。

《京香，到舞台中央轉個一圈！》

「妳說什麼！」

由於京香姑姑對從耳麥聽到的紗霧聲音產生強烈的反應，讓大家都瞪大眼睛。聲優小姐也戰戰兢兢地詢問：

「情、情色漫畫老師？」

「…………………妳、妳剛剛……說要做什麼……？」

但京香姑姑只顧著跟紗霧對話而沒有聽見。

《到舞台正中央，展示給大家看吧。那是我設計的這套服裝裡，最煽情的部分。》

「……………唔……這、這個……無論如何……都要做嗎？」

《嗯，如果真正的情色漫畫老師在那邊的話……一定也會這麼做吧。》

「……………………………………………………………………」

京香姑姑暫時陷入沉默……接著咬緊牙關。

「做就做吧！」

她猛力站起，接著來到舞台中央轉了一圈。

這種方式能讓觀眾輕鬆了解紗霧畫的這套服裝所著重的地方。

喔喔喔～～觀眾們發出感嘆的聲音。

就在這時候，有某位觀眾起勁地大喊說：

「請使出情色漫畫光線！」

「……什麼？」

京香姑姑擺出強調臀部的姿勢愣在原地。

「我、我也是！我想直接看本人使出的情色漫畫光線！」

又有別的書迷朝舞台提出要求。

擔任主持人的聲優小姐側著頭向京香姑姑詢問：

「………什麼是情色漫畫光線呢？」

「…………！」

京香姑姑當然不可能回答得出來。她依然擺出翹起臀部的姿勢，並且滿臉通紅。

代替她解說的是神樂坂小姐。

「讓我來說明吧！所謂的情色漫畫閃光，就是情色漫畫老師打倒情色漫畫老師G時所使出的必殺技！伴隨著炫目的閃光，可以畫出光輝耀眼同時又煽情又可愛的插畫！」

是這樣嗎？

「是、是嗎？具體上來說……是怎麼樣的招式？」

「要實際演練是不太可能，所以請她來喊一下必殺技的名稱——同時也一起擺個可愛的姿勢吧！」

「咦……咦咦！」

神樂坂小姐這亂來的要求，使京香姑姑動搖到讓人覺得她很可憐。她的表情會變化到這種地步，實在很少見。接著神樂坂小姐用開朗的笑容，無情地宣告說：

「來！情色漫畫老師！請施展吧！」

最好是請施展啦！

就連接下這類工作的聲優也不願意喊出這種台詞吧！

這個人竟然叫即使不適合，還是願意成為情色漫畫老師替身的京香姑姑做出這種事情！

連紗霧也擔憂地說：

《……那個……京香……不用太勉強也沒關係喔。》

「…………不。」

京香姑姑愣愣地小聲說著。

「仔細看好了……這是我的覺悟。」

《京、京香？》

穿著露肚臍迷你裙水手服的京香姑姑，在舞台中央緩緩站好。

接著吸了一口氣。

「情色漫畫閃——光！」

在各種層面上，當一切都結束之後……

bellesalle秋葉原地下一樓的休息室裡，可以看到京香姑姑燃燒殆盡地癱坐在折疊椅上的模樣。

她呈現出靈魂已經從嘴巴跑出一半的狀態。

「…………………………正宗。」

「京、京香姑姑，怎麼了嗎！」

「……………結果如何呢？我有……順利代替紗霧……完成這項工作嗎？」

「當然有！紗霧也淚流滿面地感激妳喔！」

「這……這樣啊。呼……那就……太好……了。」

這簡直像是臨死之前的台詞。

我對這位耗盡力氣閉上眼睛的唯一血親……

真誠說出內心的感謝。

「……真的非常感謝您。」

舞台活動在熱烈的迴響中結束。

距離我們的夢想又更接近了一步。

但不只是如此而已。

今天也許會成為更加重要的紀念日。

這是我們兄妹。

再次獲得溫柔家人的日子。

情 ero manga sensei 色 漫 畫 老 師
第二章

在秋葉原舉行「世界上最可愛的妹妹舞台活動」，也就是情色漫畫老師初次露面的同一天傍晚。

我在秋葉原的家庭餐廳跟同行一起吃著簡餐。

「舞台活動辛苦了。」

「哼，如果這樣能讓你的新作給更多人知道就好了。」

穿著平凡春裝的帥哥跟視覺系的金髮男性坐在我對面。

他們是後輩獅童國光和前輩草薙龍輝。

雖然離開活動會場時妖精跟村征學姊也在一起，但眼前這兩個人說有「男性之間的重要議題」要討論，就只把我拉過來了。

「謝謝你們。託大家的福，總算是小有成果了。」

我向他們道謝，手搭在後腦杓上。實際上，我自己也的確沒做什麼太了不起的事情。

活動成功要歸功於挺身而出撐過這一切，擔任情色漫畫老師替身的京香姑姑。

「所以……『男性之間的重要議題』是要討論些什麼？」

想必不會是什麼正經事吧……我雖然已經稍稍察覺，但還是詢問雙手交叉在胸口的草薙學長。

「那個啊……就是獅童的事情呀。」

「關於席德的事情……是嗎？」

我重複說一次之後，往坐在草薙學長隔壁的席德看去。

雖然他平常都給人一種「爽朗帥哥」印象，但今天卻駝著背還顯得垂頭喪氣。近看他臉色也不太好，是睡眠不足嗎？

「其實……我最近陷入低潮了。」

「喔，低潮。這麼說來，就是寫不出小說之類的嗎？」

「也不是完全寫不出來，但寫作的速度非常慢。總覺得提不起幹勁來寫……」

他沉重地嘆了口氣。

「明明應該是在寫小說，但回過神來就發現自己正在網路上搜索『提起幹勁　方法』這類關鍵字，然後連一個字都沒寫。」

有有有，這我也有過！

不只是在家工作的人，我想考生們一定也都曾經遇過這種現象吧。

「我的話，遇到這種狀況會去睡一覺好重新振作起來。」

只要假寐個幾小時，然後洗個澡——這樣子即使沒辦法完全振作起來，大致上也能恢復到可以繼續動工的程度。不管是課業還是工作方面都一樣。

席德聽完我的建議，還是搖搖頭。

「就算去睡覺也還是沒有幹勁。該說是創作用的能源乾涸了而無法補充嗎……還是該說我已經不知道自己是為什麼而寫小說了……說起來最近也幾乎沒怎麼睡……」

「唉，那這症狀還真嚴重，你有想到什麼會變成這樣的理由嗎？」

總覺得就算問了我也沒辦法解決，不過總之還是先問問看。

「有很多原因呀……還記得我跟和泉你們一起競爭的『輕小說天下第一武鬥會』嗎？」

「當然。」

「輕小說天下第一武鬥會」。

這原本是為新人作家舉辦的競賽，可是卻因為動畫化作家闖進來參加而變得亂七八糟。最後還被一個定位微妙，既不是新人也不是人氣作家的輕小說作家獲得優勝搶走文庫化的權利。這（主要是在新人作家之間）可說是個惡名昭彰的企畫。

「那時候我寫的短篇小說，已經進行到要修改為『長篇版本』發行文庫本了。」

這麼說來，我當時好像有聽妖精講過這件事。

席德從出道以來一直都是撰寫以甜點為主題的童話風格小說。不管是哪部作品，閱讀後都會讓內心感到一陣微微的溫暖，真的是很符合他風格的小說。

「這項工作我從那時候開始已經持續進行了半年以上……但是不斷被退稿，可以說是一點也不順利。」

雖然我覺得這種情況還滿常見的，但實在沒辦法對正陷入低潮的人說。

不過，我們（基本上）沒出書就等於沒收入，所以這實在很痛苦呢。

席德會這麼悶悶不樂的理由第一項，是「工作方面不順遂」。

「你說有很多原因，代表還有其他理由嗎？」

「是。」

他含淚說著。

「那個……我在私生活方面，也因為白色情人節的悲痛而造成影響……」

雖然我半點也無法理解，但席德喜歡責任編輯神樂坂小姐。

或許有人可能已經忘記了，現在就讓我們回顧一下情人節的狀況。

那時候我、愛爾咪還有席德一起舉行了「情人節對策會議」。結果席德從神樂坂小姐那邊收到了巧克力（雖然是人情巧克力）。

可是隔月。

席德為了白色情人節的回禮所製作的超精細糖人（有幹勁到讓人退避三舍的等級）卻不是被神樂坂小姐收下，而是被其他男性編輯給吃掉了。

順便說一下，他的心意似乎也完全沒有傳達給意中之人知道。

因為這樣，慘烈戰死的席德化身為只會給人添麻煩又自暴自棄的醉漢。

悶悶不樂的理由第二項，是「戀愛方面不順遂」。

「原、原來如此，所以才會這麼消沉啊。」

「還有喔。」

還有啊。

他接著繼續這麼說：

「今天本來是為了轉換心情才來看看『春之祭典』的……不過這跟我的作品完全無緣，然後又看到值得祝賀的發表跟作家們高興的表情……總覺得自己更消沉了……而且我到現在連一封讀者來信都還沒有收到過……」

他整個身體往前傾，下巴都快要跟桌子貼在一起。

看到席德這樣，草薙學長笑著說：

「這種時候要像我一樣，看著事業順利的同行激發出仇恨能源，這樣工作就能順利進行下去啦！啊！今天舉辦了愉快活動的和泉老師你好啊！恭喜你的《世界妹》累計銷售突破十萬本了！果然跟我這個走下坡的傢伙不一樣呢！其實動畫化也已經決定了對吧？」

「哈哈哈，這個嘛，我也不知道呀。」

這人煩死了。

因為我的作品過去都不暢銷，所以也不知道該怎麼應付這種說詞。也許乾脆像妖精那樣用盡全力來自誇反而比較好吧，但我實在辦不到，所以只能隨便笑笑敷衍過去。

將來哪天立場逆轉時，我發誓自己也要像這樣煩人地糾纏後輩。

總而言之——

席德悶悶不樂的理由第三項，是「會拿事業順利的同行跟自己比較」。

……事情就是這樣。

「哈哈，我連忌妒的力氣都沒有了啊。就只能……不停消沉下去了……」

席德無力笑著，他身邊的草薙學長也點點頭。

「就跟你看到的一樣。之前他就很常找我商量，但我實在看不下去了。所以和泉你也來盡一份心力吧。」

「就算你說要我盡一份心力……」

雖然我也很想幫忙，但總覺得自己沒辦法治療他人的低潮。像這類問題，只能每個人各自想辦法而已。

假如跟席德商量的人是妖精或村征學姊，想必會盡全力來嘲弄他吧。

她們會用符合自己風格的方式來激發對方，使人自己面對自身的問題吧。

我是辦不到，因為會擔心如果造成反效果的話該怎麼辦才好。

草薙學長對感到躊躇的我說：

「和泉，這時候就輪到你上場了！」

「有什麼我能做的事情嗎？」

「為了讓獅童打起精神，我們去聯誼吧！」

「聯、聯誼！」

從草薙學長嘴巴講出的這個詞，遠超出我的預測。

在他旁邊垂頭喪氣的席德也不停眨動雙眼。

「所謂的聯誼……就是那個……相同人數的男女聚在一起開心聊天，然後成為交往契機的傳說活動……」

「沒錯！只要跟可愛的女孩子們玩耍一下，你的幹勁說不定就會恢復！」

啪！原本趴在桌子上的席德猛力抬起上半身。

「的、的確！之前草薙學長帶我去酒店的時候，我變得非常有幹勁呢！」

「醜話先說在前頭，我可不會再跟獅童去喝酒喔。」

「為、為什麼！上次不是很愉快嗎！雖然我到中途失去記憶了！」

「囉唆啦！我再也不要跟你去喝酒了！」

「咦咦──！」

感情還真好。

說不定有人已經忘記了，所以我姑且說明一下。以前草薙學長（還有我跟妖精也是）因為席德喝醉酒的關係，吃了非常慘烈的苦頭。

草薙學長交叉雙手比出叉叉。

「這次的聯誼未成年的和泉也要參加，所以不能喝酒。」

「草薙學長跟席德你們不要把我丟到一旁不停講下去好嗎！我可不參加聯誼喔！我有喜歡的

人了！」

我揮舞雙手拒絕。

「再說席德你也一樣吧！都已經有喜歡的人了，怎麼還想去聯誼——」

「是、是這樣沒錯……」

喂喂，這個後輩也同意得太無力了吧。

草薙學長面露奸笑地說：

「讓我來解說獅童的內心吧。『不但完全沒有希望，還讓白色情人節的悲痛造成後續影響……先暫時不要去想年長的女性好了……雖然不是要放棄神樂坂小姐，但也想在聯誼時有全新的邂逅，可以的話最好是年輕的女孩子。』」

「我、我才沒有這麼想！」

席德慌忙否定，但他的額頭上卻滲出汗水。

「真的嗎？」

「…………………」

被草薙學長一追問，席德默默移開視線。

這是怎麼樣啦，完全被說中了嘛。

草薙學長溫柔地把手擺在這位後輩的肩膀上，然後面向我輕薄地說：

「就算已經有喜歡的女人，去聯誼一下也沒關係吧。和泉你不要那麼死板嘛。」

「如果輕小說主角也說同樣的台詞，可是會被讀者圍剿的喔！」
最近是個主角也被要求必須嚴守貞潔的時代。
草薙學長聳聳肩膀。
「我跟獅童都不是輕小說主角呀～」
「我覺得以人類來說，這也不是什麼高尚的行為。」
「我可不想因為要不要去聯誼就被講成這樣，這又沒什麼關係。對吧，獅童？」
「這、這個嘛……………………該怎麼說呢。」
不好，席德逐漸被這個人渣傳染了。
草薙學長握拳敲打桌子說：
「和泉啊……現役高中生的和泉征宗老師。當後輩因為失戀而傷心時，難道你沒有想幫助他的氣概嗎？我只是想介紹年輕女孩子，給被老太婆甩掉而傷心失落的獅童認識而已啊！」
「請不要說神樂坂小姐是老太婆啦！」
看來這句話席德沒辦法聽過就算了，他給予嚴厲的吐嘈。
我也跟著他追問：
「請等一下！你是打算叫我做什麼！」
「介紹些高中女生來認識吧。」
草薙學長一臉得意地說著。

大叔！

這位大叔！你會被逮捕喔！

「我、我怎麼可能介紹認識的人來參加這種可疑的聚會啊！」

「一點都不可疑吧！只是愉快的聊天而已啊！」

「絕對是唬爛的！」

當我堅定拒絕後，草薙學長抓著席德的後腦杓把他拉到我旁邊。

席德的眼睛就在我眼前。

「和泉！快看這傢伙純真的眼眸！你覺得這像是有邪念的眼神嗎？」

「先不管有沒有邪念，但這眼神混濁得很嚴重啊！根本就是死魚眼！」

「喔，對啊，很可憐吧。」

「…………總覺得都隨你們講了。」

席德用有著深沉黑眼圈的眼神低聲說著。

我把視線從他眼睛上移開，重新面向草薙學長。

「再說即使不拜託我，草薙學長你自己介紹給他認識不就好了嗎？」

「我可不認識能夠治癒獅童內心傷痕的純真女性啊。現在這傢伙需要的，是純潔正直的年輕女孩子。」

先不管像是開玩笑的表情，這聽起來像是講真的。我發出「唔……」的聲音，並顯得被氣勢壓迫。

「參加聯誼的話，一定也能當作你戀愛描寫的取材！這種黃金體驗，將會成為你平常生活絕對無法取得的貴重資料吧！」

「唔、唔呃……」

如果冷靜思考一下，就會發現草薙學長的理論非常奇怪。可是我這個時候已經被他的花言巧語矇騙，又覺得他的話聽起來非常有可信度。

「來吧，和泉——去請年輕的女孩子們來參加聯誼吧！這想必會非常有趣！你就當作是幫助獅童吧！如果覺得我們無法信賴的話，只要由你來好好監視就可以啦！」

「跟、跟年輕女孩子們……聯誼……」

「沒錯沒錯！年輕女孩子！超年輕的女孩子！」

「和泉，拜託你找些純真的好孩子喔！」

喂！等一下！席德！你怎麼不知不覺也變得這麼起勁！

「可以的話，最好是能聊輕小說話題的女孩子！」

「會、會有……那種天使嗎……在我身邊……」

「如果是能帶兩名超級暢銷輕小說美少女作家出去旅行過夜的和泉，一定可以辦到的！我也相信能跟情色漫畫老師那種煽情又漂亮大姊姊交往的和泉，想必是易如反掌的事情！」

討厭啦，今天的席德講話好酸！

「哎呀～竟然對工作夥伴出手，和泉你還真厲害耶！這種事我根本模仿不來呀～」

「你也沒資格講別人吧！」

說說看你喜歡的人叫什麼名字啊！

「唉，那場夏季集訓好愉快呢。當和泉跟兩名美少女打情罵俏時，我只能跟克里斯先生兩個人一起工作或閒聊……」

「你……！」

春天都已經結束了，這人還把去年夏天的事情拿出來講……！

「和泉！你這人……居然讓後輩遭受這種對待嗎！真是個有夠過分的前輩……！」

草薙學長也不要故意裝出驚訝的姿勢趁機跟著講好嗎！

「老實說，我覺得自己在那次旅行如此為你貼心設想，和泉你應該算是欠我一個人情才對。」

「不不不，這在席德你喝醉酒給大家添麻煩的時候就算扯平了吧。」

「咦，你在說什麼啊？」

「你忘記了嗎！」

這傢伙！他是認真的嗎！還是在裝傻啊！

這時候草薙學長露出超正經的表情說：

「他是認真的喔。」

「唔……！」

這麼說來當喝醉酒的席德在我家嘔吐時，來道歉的也不是他本人而是草薙學長。

「雖然我聽不太懂，但我覺得現在正是和泉還我這個人情的時候。就用介紹純真又喜歡輕小說的女孩子這種方式。」

「居、居然這麼厚臉皮……」

「和泉，拜託你一定要找些年輕女孩喔！要超年輕的！懂了沒！」

「希望你不要誤會，我所追求的終究是場柏拉圖式的聯誼！並非是否能夠交往之類的事物，而是更加溫柔……一場能夠治癒我內心的聚會……！」

也太拚命了吧！你那麼想跟高中女生講話嗎！

明明你自己不久之前也還是高中生啊！

「知道了！我知道了啦！我會盡力去試著找找看啦！」

在前輩和後輩搭檔的堅持之下——

結果我被迫要去安排輕小說作家之間的聯誼。

想不到會接下這種麻煩事……

就算叫我找「年輕女孩子」，但這到底該怎麼辦才好……

星期一的教室裡，我趴在桌子上束手無策。

這時有人向我搭話。

「阿宗，阿宗。」

是同班同學的高砂智惠。她有著一頭亮麗的黑髮，豐滿的胸部把制服整個推高。

「活動真是辛苦你啦，我有從ＮＩＣＯ實況收看喔。」

「喔～～謝啦。」

「沒想到情色漫畫老師的真實身分是那樣的美女耶，嚇了我一大跳。」

「啊、啊啊……哈哈。」

那位只是替身就是了——這樣的話我當然不能說出口。

智惠彎下腰在我耳邊小聲說：

「……喂，難道說情色漫畫老師就是阿宗喜歡的人嗎？」

「！這個……該怎麼說呢。」

「喔，猜中了嗎？」

「不是啦……」

我喜歡的人的確是情色漫畫老師。

可是不是擔任情色漫畫老師替身的京香姑姑。

智惠的這個問題，對我來說實在難以回答。

「哎，我的事情不用太在意啦。」

我強硬地結束這個話題。

「比起這個…………」

「比起這個？」

「…………………………」

「怎、怎麼了嗎？幹嘛一直盯著我的臉看。」

智惠變得驚慌失措。

「呃，其實我因為某些理由……正在尋找符合『條件』的人。」

「嗯？條件？」

她擺出說來聽聽的表情要我講下去，於是我繼續說：

「就是要找超年輕、很可愛、正直又純真，而且能聊輕小說的女孩子。」

「哦，是要找我嗎？」

智惠露出笑容誇讚自己，我就知道她會這麼說。

「嗯……是……這樣沒錯。妳的話，應該很符合條件。」

不過……總覺得……

「……那、那麼認真回答我的玩笑話很狡猾喔！」

明明剛才都那樣自誇了，肯定她卻反而會害羞啊。

「所以……這、這是要幹嘛？」

「聯誼。」

「什麼？」

「我得尋找聯誼的人選——因為被同行拜託，要我去找符合剛才那些條件的女孩子。」

「…………………………………………………………………………哼嗯——」

背脊好像被人倒進冰塊一樣。

看吧！就是因為會被這種輕蔑的眼神看，所以才會有「總覺得……」的想法啊！

「你明明說自己有喜歡的人了…………真骯髒。」

「唔……！」

草薙學長！席德！我說啊！

真正純真的女孩，應該不會來參加聯誼吧。

「我、我沒辦法拒絕嘛！因為後輩陷入低潮——」

我拚命對智惠辯解。

解釋說這絕對不是什麼可疑的聚會，終究只是場柏拉圖式的聯誼而已。

智惠聽完事情經過，依然很不高興。

「……說起來，什麼叫做柏拉圖式的聯誼啊。完全搞不懂是什麼意思。」

「照後輩所說的——就是為了草食系男子舉辦，只是場『能愉快聊天的聚會』。」

「……哼嗯～～總之我知道講出這句話的人應該是個遜砲了。」

沒錯。

智惠稍微思索一下，接著往我這邊瞄過來。

「你喜歡的人知道這件事嗎？」

「咦？」

「所～～以～～說～～你要去聯誼這件事，有讓你那位『喜歡的人』知道嗎？」

「沒、沒有。」

「哦～～」

智惠雙手交叉在胸前盯著我的眼睛。

「阿宗你啊～～明明有喜歡的人了～～還偷偷跑去聯誼啊。」

「…………………唔、唔唔。」

「關於這一點，你有什麼想法？」

「唔啊啊啊啊！罪惡感好強烈啊！根本無法正視她的臉了！」

真虧席德可以若無其事耶，果然大人都是垃圾。

我可不行。如果在喜歡的人面前顯得形跡可疑的話——

『哥哥……你怎麼了嗎？……是不是肚子痛呢？』

紗霧像這樣疑惑地側頭的表情，我會沒辦法直視她啊。胃好像也要爆炸一樣。

我抱頭懊惱。智惠用嚴厲的表情低頭看著我，然後嘆口氣。

「既然那麼懊惱的話，拒絕掉不就好了！真是的！真的拿你沒辦法耶～～！」

她鼓起臉頰，把手放在我肩膀上。

「知道啦——我來幫你想辦法解決！」

我不停眨眼。

「想、想辦法解決是指……妳願意來參加聯誼嗎？」

「啥？才不要。為什麼我這個以清純聞名各界的少女，得要去參加那種聚會啊？」

「咦？但是這樣……」

「不是那個意思。我的意思是你『瞞著喜歡的人要去參加聯誼的罪惡感』跟『尋找人選的麻煩事』這兩點我可以幫你一次解決掉。」

「這種事情有辦法辦到嗎！」

「首先是『消除罪惡感』這方面。」

「喔、喔喔。」

「這就看你的本事了吧，我能做到的終究只有幫忙你而已。不管怎麼說，『你喜歡的人』是什麼樣的人，具體上跟你又是什麼關係——這些我都不清楚嘛。」

這麼說也沒錯。

「只不過，如果我是你女朋友的話……」

「嗯，如果智惠是我女朋友的話？」

由於我很起勁地聽著，所以也就比平常更起勁地附和。

結果智惠不知為何突然臉紅。

「這、這只是比喻而已喔！」

「我知道啊。」

「……你知道就好。咳咳……然後啊……這真的只是比喻喔……如果我是你女朋友的話——像這次這種情況，我會希望你能老實說出來。」

「老實說出來……」

「沒錯，就跟剛才你向我辯解的一樣。這是被前輩強迫才必須企劃這場聯誼，同時也是為了幫悶悶不樂的後輩打氣……我會希望你好好說明。這麼一來，自己也會想幫為後輩努力的溫柔男朋友加油打氣了。」

「但是說出來應該會生氣吧。」

「會非常生氣呀。」

看吧。

「智惠小姐，這種情況下該怎麼辦才好呢？」

我對自稱以清純少女聞名各界的智惠女士真誠地請教。

她一針見血地指著我的鼻尖說：

「用禮物來收買她吧！」

「妳這人哪裡清純了？」

「我的心靈跟身體都很清純啊！給我聽好喔！這可是在教導笨男生代表阿宗你喔！面對生氣的女孩子，連按送禮物這個指令可是千古不變的套路呢。」

「連、連按是嗎……？」

「要送些高價昂貴的東西唷。」

「妳這人到底哪裡清純了！不要把我喜歡的人跟欲望強烈的書店女相提並論好嗎！」

我重複著跟剛才相同的吐嘈。結果她像是要隱藏這件事般張開雙手——

「因為我不認識那個人嘛。不送什麼高價昂貴的東西也可以啦～～不過阿宗你聽好——如果老是把所謂的心意藏在心裡，是絕對無法傳達給對方喔！」

奇妙地飽含氣勢的一句話。

我大概懂智惠想說的話。

如果不用實際的形式或行動來表達想向對方傳達的想法，那就跟沒有一樣。

所以才要用禮物這種形式來表達誠意。

就是這種提案。

「知道啦，我會老實向她說明看看。接著思考出對方會喜歡的禮物送給她。」

「嗯，就這麼辦吧。」

「謝啦，這樣子就解決掉其中一個大煩惱了。」

當我鬆口氣時，智惠說：

「那就好。啊，對了對了——把禮物交給對方時，要這麼說喔。」

她露出閃閃發亮的潔白牙齒，擺出裝模作樣的姿勢。

「『我最喜歡妳了』」

「我怎麼可能這麼講！」

「咦～～為什麼啊～～？」

「因為很丟臉啊，而且她毫無疑問地會說『你是在捉弄我嗎？』然後大發雷霆！」

「哼嗯～～這代表你們已經有這樣的關係啦～～哦～～原來如此啊～～」

智惠瞇著眼睛，好像理解了什麼事情。

「總、總而言之——我會試試看妳提的禮物作戰啦！」

幸好我剛好知道妹妹可能會想要的禮物！

「還有，關於剛才說的『尋找人選』這件事！」

我強硬地修正話題。

結果智惠毫無抵抗地說「好啦好啦，聯誼的人選是吧。」這樣附和我。

「嗯～這個嘛，從剛才這些聽起來好像完全不危險？我可是很信賴阿宗你喔，而且身為一名輕小說迷，也想給消沉的作家打打氣。」

智惠說著「耳朵可以借我一下嗎？」然後把嘴唇貼到我耳邊。

「喔、啊……什麼？」

「那個遜砲又陷入低潮的輕小說作家，希望的是『能夠聊輕小說』、『純真』然後又是『年輕的女孩子』對吧。」

「他是這樣講的。」

「哼嗯，那這樣我有群很棒的女孩子人選喔～」

彷彿像是歌舞伎町那些拉皮條的，智惠浮現出邪惡的笑容。

隔週的星期天。

輕小說男子們聚集在和泉家的客廳舉行聯誼。

雖然大家應該都抱持著為什麼偏偏要把我家當成會場的疑問，但這件事請等之後再讓我說明——或者說其實我也想問這件事。

這種「在喜歡的人正下方參加聯誼」有如惡夢般的狀況是怎樣！

雖然內心很想哭泣，但大勢已定，我只能想辦法度過難關。

好幾名男女隔著矮桌，面對面坐在沙發上。

男性參加者有我和泉征宗、獅童國光、草薙龍輝這三名。

另一方面，女性參加者有——

「神野惠，今年十三歲喲☆」

「……夏目綾……十、十一歲！」

「白鳥揚羽！八歲！」

「…………………………………………………………」←草薙學長。

「…………………………………………………………」←席德。

年輕女孩們不停散發出閃閃發光的耀眼光輝，而輕小說男子們則是姿勢端正地默不作聲。臉色也開始發白，完全凍結在原地。

不久之後，草薙學長發出讓人完全了解他已經開始發火的肉麻聲音，並且把手勾在我肩膀上頭。

「和泉老弟～～～～～～～～～？可～～以陪我去一下廁所嗎？」
「學長，我家的廁所是單人用的。」
「別多說了快過來，獅童你也一樣。」
「好痛，好痛啦！」「咦……我、我也要嗎？」
我和席德被草薙學長強硬地拖到走廊上。
而惠則開心地指著我們說：
「啊～～這就是聯誼絕對會有的作戰會議吧！呵呵，真不錯呢，請慢走喔♪為了不要讓目標對象重疊到，這是必要的行動呢！──各位，我們也趁現在來舉行作戰會議吧♡」
結果招來非常不得了的誤解。
這完全被當成……同性成員全部一起到廁所去……
『從左邊開始是七十分、四十分、十分吧。』
『你想以誰為目標～～？』
『我是正中央吧。』
『咦～～你這興趣會不會太糟糕啊～～？』
然後進行這種對話的行為了。
再說，惠她們現在也正在這麼做吧。
「因、因為草薙學長的關係，讓女孩子們對我們的印象糟透了！」

「囉唆啦。」

他把客廳的門關上，再對我使出壁咚後說：

「喂，和泉……那是什麼？」

「啥……什麼叫那是？你是指什麼？」

「少給我裝傻，你找來那些是什麼恐怖的成員！」

「和、和泉你明明應該要介紹很棒的女孩子給我們認識啊……」

我被兩人逼近質問，往客廳瞄了一眼。

「跟你們要求的一樣，我找來超年輕的女孩子們啦。」

「也太年輕了吧！」

「誰要你**在聯誼時把中小學生叫來**啊……！」

「等等！你們兩個不要掐住我的脖子！很難受耶！」

「你明明知道還裝傻！」

「我們對身為高中生的和泉所抱持的期待，是希望能跟喜歡輕小說的高中女生有甜蜜的邂逅啊！可是……」

「那、那個小鬼說她只有八歲喔！」

「她總有一天會成為高中女生吧，你們就期待她的將來吧。」

「現在！重要的是現在！」

「喂！這下要怎麼辦啊！今天我們該如何度過這場有如惡夢般的聚會……！」
「普通地愉快聊天不就好了嗎？」
我始終不改這種「自己實在無法理解這兩個人在生氣什麼」的態度。
「你這白痴！蠢材！話先說在前頭，這件事你也無法置身事外喔。」
看到我這樣態度曖昧地閃避究責，草薙學長的憤怒也變得更加激烈。
「這是什麼意思？」
「現在的小鬼頭每個人都有智慧型手機吧，可是他們完全沒有網路素養喔。不管是多麼無聊的小事情，還是再三叮嚀說要保密的事情。她們就是一群會開開心心地投稿到社群網站上頭，炫耀給朋友看的生物啦！不管是ＬＩＮＥ、推特、臉書還是Instagram都一樣——」
「喔，然後呢？」
「你還不懂嗎！今天你就找個機會隨便拍個合照試試！接著馬上會有像『跟輕小說作家們聯誼~~♡』之類的標題在網路上擴散喔！而且還附上能當證據的照片！我這個二十幾歲的大人，還有我們跟國小女生聯誼的事情可是會被攤在整個社會啊！」
草薙學長的眼睛裡布滿血絲。
「不、不會啦……你也講得太誇張了。」
「蠢蛋，我這個學長來給你一個忠告。『網路上公開的各式各樣情報，全部都會被懷抱惡意的第三者保存起來，並且在你人生中最糟糕的時間點擴散出去並且延燒』——你要好好記住這點。不管是加密保存或是只發給朋友看，那種垃圾防護機制根本毫無意義。之前就有一張從來沒有見過面的小說家全裸照片被傳到我的ＬＩＮＥ裡，這就是最好的證據。這個大叔的骯髒屁股我該怎麼處理才好？等他的作品要動畫化時再散布到Ｐ２Ｐ上頭嗎？」

「我已經明白你想講什麼了！但是不要說那麼具體的例子啊！」

網路好恐怖！真的好恐怖！

不過照這個理論來說，我覺得跟高中女生聯誼也很危險啊……

「呃，所以草薙學長……現在該怎麼辦才好？」

「我正拚命在思考……你等一下。」

這時候也不會講「回家去」這個選項，可說是將他的性格表露無遺。

我們從走廊回到客廳，再次坐到「超年輕」的女性成員們對面。在此稍微說明一下跟我們聯誼的這些女生們。

「哎喲～～大哥哥你們好慢喔～～♪」

發出諂媚的甜美聲音，刻意鼓起臉頰的這位，是大家熟悉的神野惠。

現在十三歲。她是紗霧班上的班長，也是妹妹少數的朋友之一。

惠穿著春季襯衫，搭配很短的褲裙。健康的腳部曲線美像是要展現給大家看般延伸而出。

跟大家猜想的一樣，這兩個女孩子都是惠的朋友。當智惠找她商量之後，惠就找來了這些人選。

當然我也事先就知道她們的資料。

「……我從惠惠那邊……聽說各位……都是輕小說作家！」

這位看起來很正經的眼鏡女孩是夏目綾，十一歲。

寬廣的額頭配上髮箍，跟樸素的連身洋裝很相配。

照惠的說法——「小綾將來想要成為輕小說作家！」，似乎是這樣子。

第二位女性參加者是「立志志成為輕小說作家的人」——原來如此，所以她才會這麼的緊張啊。

「各位大哥哥，請多多指教喔！」

很有精神地探出身體，發出活潑聲音的是白鳥揚羽，八歲。

亞麻色的蓬鬆秀髮，搭配著十分符合自己年紀的服裝。可愛端正的容貌，讓人確信她將來必定會成長為一個大美女。

照惠的說法——「揚羽妹妹是我的朋友裡頭最受歡迎的女孩喔！」

居然連那個對自己容貌有絕對自信的惠，都說「比自己還受歡迎」嗎……

的確是個很可愛的女孩沒錯……不過，那大概是指很受同年齡男性的喜愛吧，至少我目前沒有任何感覺。

而這個第三位女性參加者，就是這場聯誼的王牌。

——不過，這也等之後再說明。

惠環視男性陣營說：

「好，那麼～～換大哥哥們來自我介紹嘍♡」

以聯誼來說，這是理所當然的程序……但是……

「…………………」

我們男性陣營三名成員，迅速地交換眼神訊號。

（……唔，我絕對不想報出姓名……）

（我不要被冤枉成蘿莉控……我不要被冤枉成蘿莉控……我不要被當成是個蘿莉控作家……！）

（……………我的筆名早就被所有人知道了啊……）

如果在這個場合不說出本名而是報上筆名，所有人都很清楚這個風險有多大。

也很清楚就算約好「這場聯誼的事情要保密喔」是多麼沒意義。

「……那從我開始自我介紹吧。」

也許是認命了，草薙學長微微舉起右手。

他、他到底打算怎麼辦呢……既然已經被對方知道我們是輕小說作家，那能使用的選項就很少了，總覺得幾乎已經是死棋了。

「請、請務必……把筆名告訴我！」

眼鏡女孩小綾有如跑來參加簽名會的書迷般說著。

你看，來了吧！

既然她這麼問就已經無計可施。

這個穿得像是諾克堤斯王子又狂妄自大的大哥哥，到底會寫出什麼樣的輕小說呢——對一名志願成為輕小說作家的人來說，的確會在意吧。

而且還是接下來要聯誼的對象。

「……唔……」

草薙學長和我們被逼進絕路，接著惠更進一步追擊。

「那麼～就請你用報上名字跟代表作品的這種感覺來自我介紹～」

竟然發揮班長的技能來主導這場聚會！

可惡，草薙學長！該怎麼辦啊！這種已經死棋的難關，該怎麼跨越才好呢！

我朝身旁的黑衣小說家，投以想要倚賴他的眼神。

他用極為堂堂正正的態度這麼說：

「我叫上遠野浩平，寫過《幻影死神》等作品。」

「等……！」

我凝視草薙學長的臉，眼球都快彈出來了。

「……你、你在說什麼。」

我傻眼地低聲說著，結果報上不得了的假名的草薙學長悄悄對我說：

「只有這一刻，我將成為上遠野老師。」

「不不不，不是吧！」

這就是你在困境裡為了起死回生而想出來的主意喔！

但再怎麼樣也不能用那個當假名吧！

太多能讓人吐嘈的地方了，而且超級危險！

由於草薙學長的爆炸性發言，讓小綾大聲發出「咦咦咦咦——！」的驚叫聲。草薙學長趁著這道聲響對我發出指示。

「和泉快配合我，這是無可奈何之下的必要措施。我可不能在中小學女生的社群裡，讓跟小學生聯誼的小說家這個名號散布開來。沒問題的，絕對可以順利矇混過去。」

「這個作戰成功的話，就會變成上遠野浩平老師跟小學生聯誼的話題會在中小學女生的社群裡擴散，這樣真的沒問題嗎？」

「上遠野老師才不會因為這點小玩笑而發脾氣吧？因為他可是幻影死神喔！」

這跟幻影死神沒關係吧！

「再、再說那種謊話馬上就會被揭穿吧——畢竟你跟本人完全不同啊。」

「只要撐過這裡……只要能夠撐過這個難關就行了……！因為我們再也不會見面了！再說我想她們大概也沒有見過本人吧，只是稍微聊個天不會被發現的啦。只要說些帥氣的台詞呼攏一下年輕人，最後說句『嗯，不錯呀。』來結尾就好了吧。」

「不好吧！」

太糟糕了啦！

「咳咳、咳咳……」

因為草薙學長報出假名而放聲大喊的小綾，正劇烈咳嗽。

「請問……你真的是本人嗎？請你務必要幫我簽名！」

「騙人的啦，都是騙人的。這個人真正的筆名是草薙龍輝，代表作不是《幻影死神》而是《Pure Love》啦。」

「啊！和泉你這傢伙！」

草薙學長雖然猛力站起，但我可不想理他。

「然後我是和泉征宗。」

「我是獅童國光。」

席德像是認命般說著，我則向惠舉起單手。

「惠，抱歉，這場聯誼真的務必要保密喔。」

「沒問題～～我會負起責任好好保密喔。」

惠一派輕鬆地答應了。她對剛才那段騙人的自我介紹完全無動於衷（說不定只是搞不懂哪邊才是需要驚訝的部分而已），依然展現出輕鬆愉快的氣氛。

另外揚羽妹妹則似乎還不太能理解情況，呈現「？」的模樣歪著頭。

我對草薙學長和獅童說：

「惠雖然的確沒有什麼網路素養，但她是個會遵守約定的人，所以即使報上名字也不要緊的。」

「……這是真的吧？」

大、大概吧。

惠擁有即使察覺到紗霧的真實身分就是情色漫畫老師，也一直幫她保密沒說出去的實際成果……所以一定沒問題吧。應該沒問題吧？聽完草薙學長的演說後雖然會感到不安，但總比講那種謊話要來得好吧。

我往惠那邊瞄了一眼。她正用雙手捧著自己的臉頰，刻意擺出害羞的表情。

「哎呀～～♡沒想到哥哥是如此地信賴人家♪好高興喔～～～～～～～～～！讓我都臉紅心跳了啦！」

「好好好。」

……舞台活動那時候，我因為惠沒有網路素養這種理由而沒有拜託她擔任替身，這件事還是不要說出來吧。

「那來乾杯吧，我們差不多也該乾杯了！我來把哥哥的杯子倒滿人家的愛情吧～～～～～」

「喂、喂喂，不要特地跑到我旁邊來！」

在惠的主導下，當聯誼要正式開始的這個時候。

咚咚，天花板傳來聲響。

——給我過來，是這種意思的踩地板。

「…………………我上去一下，請你們先開始吧。」

看著男性陣營舉手回應後，我就站起來，從客廳走出去後開始加速。

我發出腳步聲走上樓梯。

「糟了……紗霧她好像在生氣……」

熟練到像我這種等級之後，就能輕鬆判別這點程度的聲響。

不久後，我抵達二樓的「不敞開的房間」。

是我的錯覺嗎，漆黑的靈氣從房門裡如同蒸氣般湧出。

「……唔唔唔……」

好啦，在感到恐懼的我，要跟憤怒的妹妹見面之前。

雖然慢了一些，就在這邊說明一下聯誼地點選在我家的理由吧。

時間要回溯到「我找智惠討論聯誼之後隔兩天」……

傍晚，我從學校回到家，在「不敞開的房間」跟紗霧有這麼一段對話。

「……哥哥，怎麼了嗎？為什麼那麼鄭重地講『有事情要跟我說』……」

「……在、在那之前，請先收下這個。」

「什麼？啊——這、這個是！」

紗霧超興奮地把我拿給她的厚重書本高高舉起。

「這是……喔哇……這本神書是……」

「已經絕版的名著《古今東西胸部大全集》！」

她宛如拔出王者之劍的林克一樣。

感覺好像還能聽見那首吹奏樂。

「哥哥，這個是怎麼回事！為什麼會有！」

「我拜託智惠請她幫忙尋找還有庫存的書店。然後有間個人經營的舊書店還有一本，所以我昨天馬上跑去買了，妳很想要這本書吧？」

「嗯，嗯！」

紗霧不停點頭，並且緊緊擁抱住這本厚重的書。

真是會讓人露出微笑的情景。

如果書名不是《古今東西胸部大全集》就好了！

紗霧有如抱著心愛的孩子般露出淺淺的微笑。

「…………………哥哥，謝謝妳。」

「不用客氣喔，紗霧。」

喔……光是這段對話，就值得我花典藏版價格在這種書名像是色情書刊的書上頭了。我的內心充滿溫暖的心情，此時紗霧卻突如其來地說了一句話：

「所以，你做了什麼好事？」

「咦？」

「哥哥……你做了什麼好事？」

紗霧保持著微笑向我追究。

啊……她察覺到了。

紗霧的笑容突然一變，整個嘴唇嘟了起來。

「快點說。你是不是幹了什麼……非得要討好我才行的事情？」

「妳認為我是會做出那種事情的人嗎！」

「……如果是我誤會的話，那我願意道歉。」

「當然不是誤會！」

「看吧！你看吧！」

就像在說「我就知道」一樣，紗霧對哥哥使出遜到不行的踢擊。

紗霧連續使出一點也不痛的踢擊，並進一步追究。

「快點，快坦白說出來！」踢！「哥哥你！」踢！「到底！」踢！「幹了什麼好事！」踢！

「哈啊……哈啊……」

妳看妳累了吧，可惡，還真可愛。

「知道啦！我會好好說明！可是……那個啊……我講到一半的時候妳一定會生氣，不過那只是誤會而已，所以我希望妳務必要聽到最後。」

「不用講那麼多廢話，所以呢？」

「我這次……要去參加那個啦。」

「那個是什麼？」

「聯、聯誼。」

「聯……聯、聯什麼？」

「聯誼。」

「……………………………………………………………………………………………………」

「……………………………………………………………………………………………………」

兄妹之間陷入沉重的沉默。

「紗、紗霧？」

「哥哥大人……我說，我……對剛才這些話到底有哪邊是誤會，一點兒也不明白呢。可以請您好好說明嗎？」

「就說妳誤會了嘛！」

妳露出溫柔的笑容用大小姐語氣講話反而更恐怖啊！

「就、就算是去參加聯誼，也只是場柏拉圖式的聯誼啊！」

「不要說這種莫名其妙的藉口！唔～～～～～～～～～～～～哥哥是笨蛋！」

可惡啊～～～～～～～～～～～～都是席德要求這種概念的錯！

可惡！這個草食系遜砲男子！

我在幾乎快哭出來的情況下喊冤。

「不是我想要參加聯誼啊！是席德被神樂坂小姐甩了，然後又碰上其他很多悶悶不樂的事情，就陷入低潮了，他還哭著說無論如何都想要跟高中女生來場柏拉圖式的邂逅……！草薙學長也莫名其妙地拚命拜託我，所以無可奈何……無可奈何之下！我才接下尋找人選的工作喔！相信我吧！」

我毫無隱瞞地，把事情的一切經過都告訴紗霧。

結果紗霧哼一聲地把嘴唇嘟起來。

「……你要跟女高中生……去聯誼嗎？」

「不對，不是那樣的！我跟智惠她們商量過，不是要舉辦一般的聯誼——而是弄成『為了讓獅童國光打起精神的聯誼遊戲』這種形式。」

「遊戲？」

了。

「對，沒錯。企畫的內容跟尋找人選現在是由智惠交給惠處理。」

順帶一提，這個時候我已經從智惠那邊聽過「聯誼的人選」的相關報告，也已經跟惠討論過

「唔，你要跟小惠去聯誼嗎？」

「不，這只是『遊戲』啊！」

「唔嗯…………『遊戲』跟普通的聯誼有什麼不同？」

「女孩子們的年紀不同。」

「哦……幾歲？」

「女性參加者的三個人從年長開始是十三歲、十一歲……跟……」

「跟？還有一個人呢？」

「…………………」

「說出來，快點。」

我被這恐怖程度跟京香姑姑不相上下的態度追問後，也只能挺直背脊回答：

「八、八歲。」

「……………………咦？你、你、你……你再……再說一次？」

「是八歲。」

「……………差勁。」

這裡有個說要跟八歲女孩子聯誼後，被妹妹用輕蔑視線看著的哥哥。就是我。

「不是啦！這全都是邪惡的書店所策劃的陰謀！」

紗霧淚眼汪汪地說：

「……果、果然哥哥你是蘿莉控！」

「什麼叫果然！為什麼突然跑出這種把人講得這麼難聽的事情！」

「不知道啦！和泉老師下一部作品的書名就取為《在小學尋求邂逅是否搞錯了什麼》好了！」

「那種東西哪能在輕小說文庫出版啊！不用看內容就知道，身為老師的主角他的人生已經無法挽回了啊！——不是啦！我不是蘿莉控！我再問妳一次，妳到底為什麼會有這種疑惑！」

「……因、因為…………哥哥你……喜、喜歡……很……喜歡我對吧。」

「唔……」

使出這種王牌的話，不管什麼時候我都絕對不能退縮。

雖然不清楚為什麼會在這種時候提起這件事……

紗霧在一瞬間……變得滿臉通紅，並且嘀嘀咕咕地說：

「……我、我的……身高也很矮……也沒有……胸部……所以…………就、就覺得你是不是，喜歡像這樣的小朋友……」

「紗霧，不是這樣的。」

我斬釘截鐵地否定。

「我不是喜歡身高矮的女孩子，也不是喜歡胸部小的女孩子。」

「咦？」

我跟紗霧對上視線——

「我是喜歡妳。」

「～～～～～～～～～～～～～～～～～～～～～～～～～～～！哼、哼、哼嗯……是、是這樣啊……」

紗霧發出不知道是在生氣還是感到混亂的聲音，身體也坐立不安地搖晃著。由於她低著頭，所以看不見表情。

「沒錯，所以我不是蘿莉控。真要說的話，我比較喜歡胸部大的女孩子。」

「喔，是喔！」

紗霧哼一聲後把頭轉過去。

誤會明明已經解開了，這傢伙到底在生什麼氣啊。

接下來妹妹斜眼瞄著我。

「……我已經知道，哥哥你……不是蘿莉控了。這次的聯誼也只是『遊戲』而已……有著無論如何都非要舉辦才行的理由……我也明白了。」

紗霧嘟著嘴巴，不滿地說著。

「要我原諒，也是可以。」

「真的嗎！」

「低潮期……是很辛苦的。」

紗霧發出有如感同身受的聲音。

「我也有過……因為只能畫出蘿莉而非常辛苦的時候。」

「啊、嗯……」

這兩個例子真的能混為一談嗎？

「只不過……我有條件。」

然後，紗霧嚴肅地說出的條件就是——

「要在這個家裡舉行。」

「咦咦咦咦！」

「……在、在我身邊舉行的話……就能同意。如果你的目的不是為了跟小學生打情罵俏的話，應該就能辦到。」

「不是啦！這個嘛！我是辦得到啦！……不過可以嗎？說不定會很吵喔。」

「沒關係。雖然不太好，但沒關係。總比在我不知道的地方舉行……要好多了。」

「……我明白了，總覺得很抱歉呢。」

我一低頭致歉，妹妹就立刻把頭轉過去。接下來只斜眼傳來視線說：

「因為你有好好跟我說明…………………但下不為例。」

——就是這樣，說明到此結束。

場景再次回到聯誼當天的「不敞開的房間」門口，我被憤怒的踩地板叫過來的時候。

「……紗、紗霧……我來嘍～～」

我戰戰兢兢地敲了敲散發漆黑鬥氣的門扉。

於是房門發出嘎吱聲響後開啟，瞇著眼睛的紗霧從裡頭出現。

「哥哥。」

「什、什麼事？」

「怎麼樣了？」

「什麼怎麼樣了？」

「…………聯誼。」

紗霧不高興地嘟起嘴唇，小聲說著。

「啊、喔……現在該怎麼說呢，總算開始自我介紹了……」

我嘆了口氣。

「？為什麼才剛開始而已，你就這麼累……？」

「看成員就知道啦……啊，對喔，紗霧妳不太認識草薙學長跟席德嘛。」

「……我有聽哥哥說過，你說他們是很麻煩的醉漢。」

「對對對，就是那些人。」

雖然也有來過我們家，但這對紗霧的教育實在不好，所以就沒讓他們見面。

「女孩子們呢？」

「咦？」

「……小惠帶來的女孩子們……可愛嗎？」

「啊、喔……這個嘛，應該算……可愛……吧？老實說年紀太小了，我也不太清楚。」

對高二男生來說，比自己小四歲以上的實在無法評論。

如果是輕小說或動畫的角色那還另當別論，而且各位國高中男生應該也會有異議吧。但我還是要主張自己的守備範圍是到小我三歲為止的！

「哼嗯……真的嗎？」

「就說是真的嘛。」

「……哥、哥哥你一見鍾情的女孩子……也是小學生吧。」

「當時我比現在還要小啊！守備範圍這種東西，是會隨著年齡增長一起提高的！」

話說我每次都覺得，拿這件事情出來講是犯規的吧！

尤其講的人自己會覺得不好意思這實在太卑鄙了！

「唔……果然還是不能信賴。」

「咦！」

「……我已經可以預見哥哥等等會哄騙小惠開始玩國王遊戲，然後一直要求小學生脫衣服了。」

「我才不會幹那種事！在集訓時想做出這種行為的人，是情色漫畫老師才對吧！」

「人家才不認識叫那種名字的人！」

「妳是想要我怎麼樣啦！」

「要讓我信任你的話…………………………閉上眼睛。」

「什麼？」

「我說……閉上眼睛！」

「————————」

由於紗霧她……用滿臉火紅的表情這麼說，讓我整個人僵在原地。

我很勉強地擠出聲音。

「這、這樣嗎？」

「就這麼蹲下，頭能低下來嗎？」

「……這、這樣？」

紗、紗霧那傢伙……到底要幹嘛……

「……就這樣，不要動喔……」

啊！難、難道說——！

我動員所有神經，把注意力集中在自己的嘴唇上！

然後在下個瞬間！

我的嘴唇——不對，是額頭被某種堅硬的事物觸碰。

接著又有啾啾啾，好像被人描繪東西在上頭的感觸。

「…………………紗、紗霧？……妳對我的額頭……做了什麼？」

「不要動，也不要講話！不然會變得很奇怪！」

「………………」

我只能無可奈何地閉上嘴巴，隨她處置了。

暫時忍受一陣子這種啾啾啾的神祕觸感，不久後紗霧這麼說：

「好，完成了，可以睜開眼睛嘍。」

當我的視野終於恢復後，眼前看到的是……

手上拿著「油性奇異筆」的插畫家，情色漫畫老師的身影。

「啊！紗霧妳這傢伙！到底在我額頭上寫了什麼！」

「這是讓哥哥在聯誼時不會受歡迎的咒文。」

「那是什麼鬼！」

「因為這是幫後輩加油打氣的聚會……所以不受歡迎應該也無所謂。」

情色漫畫老師笑嘻嘻地說著，接著又立刻轉變為正氣凜然的表情。
「哥哥，你就這樣去參加聯誼吧。」
「才不要！至少也告訴我上頭寫些什麼吧！」
「不行。啊，不可以摸額頭，也禁止你去照鏡子。」
「……真的不行？」
「嗯！」
紗霧露出燦爛的笑容點頭。
「你肯這麼做的話………我就能放心了。」
面對深愛的妹妹所提出的請求，我打從一開始就沒有拒絕這個選項存在。
「…………………………」
我一邊在意著額頭被情色漫畫老師施加的「某種措施」，一邊走下樓梯。打開客廳的門以後，也許是察覺到腳步聲，惠立刻往我這邊走過來。
「哥哥，歡迎你回——噗，你、你是怎麼了嗎？額頭怎麼那樣。」
「呃，這個是……」
果然寫了些會被嘲笑的內容嗎！
「啊好啦，我懂，所以你不用說明也沒關係喔。」

惠噗噗噗地忍住笑意，然後伸出手掌打斷我的台詞。

「我已經理解一切經過了，哈哈哈。哎喲～哥哥你真的是被深愛著呢！你喔，真是的♪」

她用手肘頂了頂我的側腹。

「…………順便說一下，我完全不知道額頭上被寫了什麼……」

「——我不會告訴你的喔。」

「我想也是～」

「等聯誼結束以後，就請小和泉幫忙擦掉吧，在那之前絕對不可去看鏡子之類的喔。」

「……就這麼辦。」

既然無法確認自己的額頭，我也搞不懂你們的想法了。

我立即切換話題詢問：

「惠，所以聯誼現在的情況怎麼樣？」

「現在才剛乾杯結束，因為哥哥你很久都沒回來。」

「……我希望妳能老實回答…………沒問題吧？」

「這可是我主辦的喔，所以當然會在很棒的氣氛中進行嘛！」

「……真的嗎？」

感覺從自我介紹開始就突然重重摔了一跤耶。

「真的啦～哥哥你看，如果懷疑的話就請用自己的眼睛見證一下吧♪」

「……哼嗯。」

我環視客廳的情況。

首先映入眼簾的，是草薙學長和眼鏡女孩小綾。

他們兩人在離客廳家具有點遠的區域，好像在看同一台手機…………………明顯很可疑。

我靠近草薙學長他們，並這麼問：

「草薙學長，你跟小綾在幹什麼啊？」

「喔，和泉。你的額頭還真新潮耶。」

「請不要在意我的額頭！所以你們在——」

「沒有啦，這個小鬼明明立志成為輕小說作家卻被我發現她有在搞書評部落格，所以正在捉弄她。」

「這也太幼稚了吧！你到底在幹嘛啦！」

仔細一看，小綾已經好像快要哭出來了啊！

「草薙老師……你、你為什麼會知道我的部落格啊～」

「誰叫妳用本名架網站。給我記好啦，找到機會就用聯誼對象的名字上網搜尋，可是基本套路。不過，這場聚會我已經不想承認是在聯誼了。」

「什麼叫做基本套路啦！」

「搜尋後如果能順利找到對方臉書之類的，就能在追求對方之前先預習一下吧。等妳年紀再大一點就運用這個套路，跟對方說：『我們真聊得來呢～～♪』絕對很有效。」

「原、原來如此！」

這個人到底教什麼東西給國中女生啊……

「有學到東西了嗎？那這樣就回到妳對我的《Pure Love》寫的壞話這件事上頭吧。」

「啊～～～～～～～～～～～～～～～～～～～～～～～～！」

小綾抱頭大喊。

我了解她的心情。聯誼時跟給予惡評的書籍作者遇上，可不是用尷尬就能形容的。

「為、為什麼你會去看書評部落格啊！明明是輕小說作家！」

「不要惱羞啦。正因為是輕小說作家才會去自我搜尋，或者到處看書評網站啊，對吧，和泉？」

「不，我不會去看喔。」

因為很可怕。

「喔，是喔，我是會去看啦。不只是個人部落格，就連匿名的論壇也會去逛逛。」

「啥。」

「也沒什麼好隱瞞的，草薙龍輝討論串的那個超帥氣定型文就是我寫的。」

「「你都不會覺得丟臉嗎！」」

我跟小綾齊聲吐嘈，但學長卻毫不在意。

「不覺得啊。大家都會這樣做吧，應該啦。」

「才不會！」

真的希望他不要再說這種會讓輕小說作家形象惡化的發言了。

可憐的小綾用手把臉捂住。

「啊～～真是的！糟透了！明明說能跟輕小說作家見面我才來的……」

「哈哈哈，不是在新人獎頒獎典禮上見面真是太好了呢。」

好恐怖！明明是很有可能發生的事情卻好恐怖！

「嗚嗚……」

「捉弄妳是我不好啦，抱歉喔。」

草薙學長把一隻手伸到垂頭喪氣的小綾頭上安慰她。

我皺起眉頭詢問：

「……草薙學長，怎麼感覺你對小綾特別溫柔。以前你是不是說過，自己最討厭寫在書評網站上頭的那些壞話。」

「那是什麼時候的事情啊？」

「你的動畫開播之前。」

「抱歉喔，我已經不在那麼低水準的層級了。經過動畫化之後，我已經提昇到更高的境界了。」

喔，這有草薙學長還很得意忘形時的風格喔。

「因為都有花錢買書了，書籍的感想隨他們去寫也無所謂啊。我早就做好會被寫些什麼的覺悟，如果是寫些含稅六百日圓這種範圍之內的負評，我也不會一個個去對這些評論發脾氣。不過超過這限度我就會生氣了。」

「你變得滿寬容的呢。」

草薙學長望向遠方。

「呵，動畫播放時發生很多事情啊……被惡質的黑粉糾纏……寫在部落格上頭的工作專用信箱網址也被拿去註冊大量的色情網站……還連續被人用木馬病毒攻擊……山田妖精那個傢伙的僕人還很開心地跑來嘲笑跟挑釁我那些纖細又容易受傷哭泣的書迷……真的發生很多事情呢。」

因為你們在同時期播放動畫嘛。

陷入深沉黑暗並顯得達觀的草薙學長摸了摸小綾的頭，然後用無精打采的沙啞聲音說：

「普通地購買，普通地閱讀，然後普通地稱讚或批評。我打從心底重新體會到，像這傢伙這樣的『普通讀者』有多麼難能可貴。現在真正會讓我發火的只有被沒付錢的傢伙嘲笑，在網路上發現自己著作的壓縮檔被上傳，還有書迷們被煽動到發動一揆（註：人民起義）的時候了。」

「不要把因為黑粉煽動所造成的網路延燒，說成是一揆好嗎？」

雖然這比喻超級完美，但非常在意語意的人聽到應該會生氣。

「那可是會完全貫穿作者本人的網路素養還有抵抗煽動的抗性，直接對我的錢包產生損傷的超恐怖攻擊方式喔。尤其我們家的那群笨蛋大多是中小學生，所以常常會被顯而易見的謠言或挑釁煽動而開始大吵大鬧。真是群可愛的傢伙。」

又開始了。

「啊啊～～想到就覺得火大！真想給我的書迷們都附加上對網路的抗性啊！而且要在下一部作品走紅之前！我已經不想再因為莫名其妙的理由出發進行賠罪之旅了！可惡，到底有沒有什麼好方法啊～～～！」

「話題也偏離太多了吧！」

「並沒有。重點就是，不管是討厭我寫的書還是寫了什麼壞話，我也不會因為這樣就開始討厭自己的讀者啦。」

草薙學長看著小綾的眼睛，溫和地說：

「懂了嗎？」

「是、是的。」

「很好。」

他露出笑容。

惠看到這個情景後，像要捉弄他們般說：

「噗噗噗，草薙老師也真是的，好溫柔唷～～～！咻～～咻～～♪來吧，請兩位再次乾杯吧，乾杯♪」

「呿！」

草薙學長煩躁地咂舌，然後似乎很不屑地對小綾說：

「喂，小鬼。」

「……幹、幹嘛啦？」

小綾用略帶反抗的眼神看回去，草薙學長則斜眼看著自己的讀者。

「下一集也要去買喔，好歹妳都讀到最新一集了。」

「……我會老實寫出感想的喔。」

「隨妳便。」

「……我會的。」

「多謝惠顧。」

接著兩人又各自把頭別過去。

惠看著草薙學長跟小綾這段令人發出微笑的交談後，轉向我說：

「你看吧。」

她露出害羞的表情，接著她把食指轉了一圈，往沙發那邊指去。

「接下來是～～～那邊♪」

位在那邊的是席德和揚羽妹妹（八歲）。兩人並排坐著，揚羽妹妹則面向席德不停地跟他說話。

我悄悄窺探他們的情況。

「大哥哥，打起精神嘛！加油！加油！」

「不、不是啦，那個……所以說喔。剛才似乎也說過好幾次了，其實我也……沒有悶悶不樂的喔。」

「真的嗎？」

揚羽妹妹像是要近距離窺視席德的眼睛般把臉靠過去。

如果是蘿莉控的話，這可說是會當場死亡等級的危險距離。

席德臉色發白地微微舉起雙手，像是逃避般把臉移開。

「是、是真的喔……」

「可是呀，人家被拜託說『為了給國光老師加油打氣，所以來聯誼吧！』才過來的唷。」

「…………什……」

抱歉，席德。其實啊……剛才草薙學長雖然講了那麼多……

但其實根本不用自我介紹，這場聯誼其實是「為獅童國光加油打氣的聚會」這件事還有席德的情況，早已經跟女孩子們說明過了。

揚羽妹妹用同情的眼神看著他。

「我知道喲！大哥哥是被喜歡的女性甩了，所以才會寫不出小說對不對！」

「齁啊！」

席德發出怪聲。揚羽妹妹則用可愛的雙手擺出振作精神的姿勢。

「人家會幫你加油打氣喔！好乖好乖！」

「唔喔喔喔喔……」

席德從喉嚨發出好像被痰堵住的呻吟聲。

哇啊…………

因失戀而傷心的輕小說作家（大人），正被小學女生安慰。

沒想到，居然會目擊到如此猛烈的情景……

「……唔……唔唔……為什麼會變成這樣……和、和泉這傢伙……竟然多管閒事……」

啊，對我的仇恨值提昇了。

眼神還是不要跟他對上比較好。

我一移開視線，惠的臉龐馬上出現在眼前。

「看吧看吧，哥哥。跟我說的一樣，感覺進展得很順利吧。」

「由我這個計畫的主謀之一來講好像怪怪的……但總覺得這種為他加油打氣的方式好像哪邊怪怪的。」

這畫面在視覺上比想像中還糟糕。如果我站在席德的立場，精神上可能會無法承受。

我雖然顯露不安，可是惠卻這麼說：

「沒問題～～沒問題的～～♪來，你就好好看著吧。」

「妳這種自信到底是從哪邊冒出來的……」

「因為啊……」

惠用非常放心的笑容，直截了當地回答說：

「這是哥哥跟我一起想出來的計畫嘛。」

「——」

「獅童老師一定可以藉此打起精神——這樣對我打包票的人，可是哥哥你喔。我很相信這句話呢♡」

耶嘿♪她擺出有如小惡魔般的動作並閉起單眼。

「說得也是……那再稍微觀察一下情況吧。」

「沒錯。」

「我也很信賴妳挑選來的揚羽妹妹喔。」

「是的！」

還有，惠啊，妳剛才可是很自然地把計畫提案人智惠排除在外嘍。

——不管怎麼說。

我跟惠都相信自己想出來的計畫會成功，於是再度看著席德和揚羽妹妹。

「大哥哥——不對，國光老師！」

「怎、怎麼了嗎……？」

席德臉色發白地回以笑容，這時揚羽妹妹用雙手遞出一樣東西。

「來！這個給你！」

那是外觀很可愛的粉紅色信封。

「咦？……這、這個是……？」

「這是人家呀～～要給國光老師的讀者信唷！」

「讀……者……咦、咦咦咦？要、要給我嗎！」

啊，看來是嚇到了。

剛才我有宣言過「揚羽妹妹正是這場聯誼的王牌」吧。

這就是如此宣言的理由。

「白鳥同學，妳是……我、我的小說的——」

「嗯！」

她笑嘻嘻地摩擦自己的鼻子下方。

「人家呀～～～最喜歡國光老師的書了！」

然後以符合年紀的表情開懷笑著。

「…………………………」

而遭受到預料之外奇襲的席德，則完全僵硬在原地不動。

我了解這種心情。他應該作夢也沒有想到，居然會有人讀過自己那沒什麼知名度的書而且還出現在自己面前。

獅童國光這個作家，並沒有在出道時得過什麼獎項。

也不是因為出道前的活動就已經擁有固定書迷。

編輯部更沒有為他做過什麼特別的推廣宣傳。

更進一步地說，出道作也沒有暢銷到能夠再刷。

這跟我出道第二年時的情況非常相似。

順帶一提，當時我收到的讀者信數量，扣掉同一個人（都是村征學姊的就是了）寄來好幾封的以外，就只有三封而已。

僅此三封而已。

我不喜歡被拿去計算，所以讓我用比較曖昧的表現方式吧……會寄讀者信的讀者，大概是幾千人裡頭只會有一人的這種比例。

至少當時的和泉征宗是這樣的情況，獅童國光本人也曾經這麼講過：

——到現在連一封讀者來信都還沒有收到過。

這樣的話。

寫了小說卻沒有任何回響，沒有比這更無趣的事情了。

來源根據就是我。不過，我的情況還包括把網路自我搜尋也封印起來就是。

接下來是我自己擅自想像的……說不定席德他缺少「有人會喜歡自己寫的小說」這種實際感受。

說不定他已經變得不太相信自己寫的文章，能讓讀者感到有趣。

雖然很理所當然，但讀者閱讀小說後展露笑容的模樣，作者是看不見的。如果沒有人告訴作者，就無法得知。

所以……

——我已經不知道自己是為什麼而寫小說的了。

說不定是這樣，他才會脫口說出這種話來。

我沒有能力幫別人處理低潮問題。雖然冷淡，但我認為還是各自想辦法解決，不管是朋友還是後輩其實都一樣。

只不過既然被拜託了，我就想盡力而為。

——我想寫出能跟食品公司進行合作企畫的人氣小說，讓作品裡的點心商品化。

我想讓他回想起，自己曾經害羞地述說過的夢想。

於是……

——有個很喜歡獅童老師小說的人喔！就是我的朋友！

惠把揚羽妹妹帶來了。

「國光老師的故事裡頭出現的甜點，看起來都好好吃呢……之前我還跟媽媽一起試著做做看喔！」

他的小說裡有刊載作者發想的創作甜點的食譜。

「……跟媽媽一起？」

「嗯，媽媽也說國光老師的書很有趣呢。也稱讚我能夠把甜點做得很好吃，還說下次也要一起製作喔。」

「……是這樣啊……下次也……」

「所以呀！請你快點打起精神，然後繼續寫出有美味甜點的小說！」

揚羽妹妹說聲「麻煩你了！」，像是要把活力分給席德般向他鞠躬。

席德露出好像很開心，又好像快要哭出來的丟臉表情……

「是嗎？」

這麼說完後，他無力地笑了。

「謝謝妳，白鳥同學。妳送來的這封信……我會仔細閱讀。」

「大哥哥，叫我揚羽就好喔。」

「那就，揚羽妹妹。」

「嘿嘿嘿……總覺得很不好意思耶。」

揚羽妹妹很不好意思地用手搔了搔臉龐。

她往席德瞄了一眼，然後怯生生地問：

「……那個……………………………你有打起精神了嗎？」

她應該不太清楚，自己的讀者信到底有發揮出多少效果吧。像是「這樣子真的能打起精神嗎……？」的內心話簡直清晰可見。

席德用溫和的聲音說：「嗯。」並點點頭。

「託妳的福，我也許……已經打起精神了。」

這種時候要用肯定句啦，該不會這就是你被說是遜砲的原因吧？

「只有也許啊。」

你看揚羽妹妹也露出微妙的表情歪著頭了啦。

「抱歉喔。不過……就算只是為了妳，我也覺得自己非好好努力不可了。」

「除了人家以外，也有很多很多人喜歡國光老師的書喔！」

「是這樣嗎？」

「嗯！絕對有很多！」

「是嗎，那我也要為了那些人努力呢。」

「請好好加油喔！」

「嗯……」

席德似乎很難為情地瞇起眼睛，並且低下頭。

接著他突然抬起頭來。

「揚羽妹妹，跟我一起住吧。」

「咦？」

喂喂喂喂喂！

我快步衝上前，抓住這個白痴後輩的後腦杓用力將他拖過來。

「好痛！幹、幹嘛突然這樣啊！」

「那是我要講的話！你對小學生講那什麼話！」

「不是啦……只是開個小玩笑而已喔。」

「真的嗎！不覺得很像是認真要求婚嗎？」

「哈、哈哈哈，當然不可能有那種事吧。」

「那就好。」

真的是那就好！

太恐怖了……現在這種世道下，就算是帥哥也無法被允許是個蘿莉控喔。

真的希望你好好注意一下。

「對了，和泉。你額頭那是什麼懲罰遊戲嗎？」

「這個就別在意了！」

我用手遮住額頭回到話題上。

「比、比起這個……席德，看來你從揚羽妹妹那邊收到些『好東西』了呢。」

「是，我收到非常棒的『好東西』喔……這個，應該是和泉你策劃的吧。」

「嗯，算是吧。與其說是我，不如說是我們策劃的……如何？覺得自己能動筆寫小說了嗎？」

「不知道……不過感覺至少會想試著努力看看了。」

看來似乎沒有完全恢復。

不過大概也就這樣吧。雖然不是草薙學長主張的，但想要一次完全復原是不可能的。

即使如此——

「和泉，謝謝你。今天有來這裡真是太好了。」

我還是有很實際的感受。

我從席德那裡離開，回到惠身邊。

她一個人站著，看著整個聯誼的情況，同時很開心地露出笑容。我對惠說：

「還真稀奇。」

「咦？你是指什麼呢？」

「一直以來，妳給我的印象就是大家話題的中心人物。」

「啊～～」

惠發出像是完全明白的聲音。

接著她整個人轉一圈，把手抵在胸口眨眼。

「哼哼嗯～～沒什麼好隱瞞的，我可是被稱呼為『二年一班的邱比特』的少女喔！聯誼時絕對會讓所有人都變成情侶！這是我的使命以及喜悅！」

再過個五年如果要聯誼時，絕對要找這傢伙當幹事。

不對啦！

「藉由邱比特小惠大人的慧眼，雖然的確成功促成了很相配的配對！但這場聯誼如果讓所有人都成為情侶，有若干兩名人士的社會地位會完全毀滅這件事您是怎麼想的呢！」

「嘿嘿♡」

竟然給我吐舌頭！少在那邊裝出可愛的表情想矇混過去啦！

「開玩笑的啦♪不過……跟預定一樣，雖然已經不像是在聯誼的感覺。但身為幹事該負起的『讓所有參加者都樂在其中』的職責，我想自己有達成。」

「我也這麼認為，不愧是惠。」

「嘿嘿嘿，那當然啦！」

惠挺起胸膛，起勁地說著。

「不過啊，雖然只是遊戲……但是難得可以跟哥哥聯誼了～」

她輕巧地跳到我身邊，並且拉起我的手跟自己的手勾在一起。

「喂、喂喂……」

「要不要跟我玩一些像是聯誼的事情呢？」

「妳、妳想要做什麼……」

雖然想把手抽出來，但卻使不上力而無法辦到。

「說得也是……比如說喔。」

惠就這樣抓著我走向矮桌，然後從那邊用手抽起某樣零食抵在嘴唇邊。

「玩些像是Pocky遊戲之類的？」

……………………………………

這讓我忍不住想像了。

「誰、誰要玩啊！」

「咦咦～？真的不玩嗎～？」

看到我僵硬的模樣，惠呵呵笑著並把Pocky咬在嘴巴裡——

「葛格，來嘛～」

「妳、妳這……」

「嗯～～」

「————————」

「請吧～～嗯！」

…………………………

「開玩笑的啦。」

………………………………………………………………………………………………

「咦？」

「開玩笑的嘛，開玩笑的♪你當真的了嗎？」

「妳、妳這人喔！不要捉弄我啦！」

會、會讓人誤會耶！我還以為自己會死掉！

「哈哈哈，哥哥你的臉好紅喔！真是可愛～～～～～～～～～～～～♡」

惠用流暢的動作離開我身邊，咬著Pocky哈哈大笑。

她用嘴把那根折成兩半，用剩餘的部分指著我的臉。

「我才不會跟有那種額頭的人玩色色的遊戲喔。」

真是遺憾呢，哥哥☆

我吐出混雜著安心與遺憾的長長嘆息，並輕撫自己的額頭。

「……唉～～～這上頭到～～底寫些什麼啊。」

結果直到最後，我都還是無法知道答案。

妹控
?

第三章

五月下旬。我在「不敞開的房間」裡頭被妹妹斥責。

「不行。」

「呃……可、可是啊。」

「我說不行就是不行。」

那道聲音又小又飄渺，但卻非常頑固。

紗霧穿著粉紅色的家居服，用反抗的眼神抬頭看著我。

她沒有戴著耳麥。

「……我、我已經跟妖精……約好了耶。」

「……約定的話，你也跟我約好了。」

「都說好哥哥你這輩子都不准跟女孩子約會了……」

紗霧彆扭地嘟起嘴巴，講出令人懷念的話來。

也許有人已經忘記了，讓我稍微說明一下。

沒錯……那是我跟村征學姊第一次見面的時候。

當時為了讓《世界上最可愛的妹妹》能夠出版，正在艱苦奮鬥著的我，跟妖精一起前往出版社。

那時候，妖精在推特上寫了「跟和泉征宗老師約會中NOW♡」這種妄言。聽信這句話的紗霧所講出來的，就是剛才這句話。

——哼，人家才不想理花心的哥哥。

當時紗霧用棉被把自己整個蓋住，不知為何還用像是我女朋友的語氣逼問我。對對對，記得是——

——哥哥你這輩子都不准跟女孩子約會，知道了嗎？

——竟、竟然說要一輩子啊。

——對……一輩子。因為……

——因為？因為什麼？

——沒、沒什麼啦！

印象中是這樣。

「不，我可沒有忘記喔。」

「……那為什麼還跟人約好要去約會……跟小妖精。」

「話說，那句話是講真的啊？」

「……為什麼你會覺得不是講真的？」

「因為就算詢問理由，妳也只講說沒什麼來岔開話題呀。」

「唔……」

看來是被打中痛處了，紗霧開始退縮。

我重新詢問她：

「那個時候，妳為什麼會生氣呢？」

不告訴我的話，我就算想道歉也沒辦法啊。

「不、不知道啦！」

紗霧哼地一聲就把頭別過去。

她斜眼往哥哥瞄了一眼。

「總之……哥哥你一輩子都不能跟女孩子約會。」

「……一、一輩子這是……」

「就是一輩子，就是絕對不可以！」

紗霧可愛地鼓起臉頰並更進一步矚咐。

我想大家都已經察覺到了，這個話題的起因是「我跟妖精約好要去約會」。

在白色情人節那時候。

——決定了，本小姐要這個。

——本小姐很期待喔，哥哥♡

就是那段對話的事情。妖精得知惠送來的禮品目錄之後，要求我把「跟哥哥到遊樂園約會的權利」當成白色情人節的回禮送她。

由於我欠妖精的人情越來越多，所以根本不可能拒絕。

五月的時候要去遊樂園玩——我們兩個定下這樣的計畫。

這件事剛才被紗霧知道了，然後我就被罵了。

「可、可是妖精總是很照顧我們……我想趁這個機會好好回報她啊。」

「那不用去約會也可以吧。如果是白色情人節的回禮，你已經送她鱉甲糖了吧。」

「那傢伙對於我在白色情人節送她鱉甲糖這件事好像超級不滿啊！所以才要重新回禮——再說我又沒有跟妖精在交往！只是兩個人去遊樂園玩而已呀！這種程度沒關係吧！」

「有關係！就～～是～～有～～關～～係～～～～～～啦！」

可惡，為什麼我每次都要搞得好像是外遇後在對妹妹講藉口一樣！

「遊、遊樂園什麼的，你也都還沒有跟我去過啊……唔唔唔～～～！」

紗霧有如小貓般發出威嚇。

她踮起腳尖，使出女孩子的必殺技。

「對、對哥哥來說……我跟小妖精誰比較重要！」

「當然是妳啊。」

我瞬間回答。紗霧聽到出乎預料的回答後發出「咦……」的聲音並不停眨眼。

「什、什……～～～～～～～～～～～～～～真是的！」

她雙眼變成><的形狀，並且不斷毆打我的腹部。

「我最討厭哥哥了！討厭！笨蛋！」

「這是怎樣啦！好痛……知、知道了啦！我知道了啦！」

我伸出右手，用支撐桿的原理按住紗霧的額頭。於是立刻就因為手臂長度的差距，使紗霧的拳頭無法打到我。

可愛的旋轉小拳在我眼前回轉。

「既然妳不喜歡的話那也沒辦法，我去拒絕吧。」

「……真的？」

「嗯。」

雖然破壞跟妖精的約定真的讓我覺得很抱歉。

但事情還是有優先順序，妹妹討厭的事情，哥哥是不可能會去做的。

我把當成支撐桿的手放開。

「那就好。」

紗霧像是要仔細玩味我講的話，嗯地點了兩次頭。

接下來又突然變得怯弱，小聲地說：

「……小妖精她，會不會……生氣呢？」

「當然會生氣啦。所以——我要誠心地去道歉，請她原諒。然後想辦法用別的東西代替約會來彌補她，這得用盡全力才行。」

「……嗯。我、我也會……幫忙……的。雖然不知道……有沒有我能幫忙的……但我也會好好彌補。」

「嗯，我會轉達給她的。」

既然變成這種情況，我立刻前往水晶宮殿（妖精家）。

現在是平日的傍晚，那傢伙應該會在家吧。

叮咚。我按下電鈴後，沒多久妖精就出現在玄關。

「哎呀，征宗，怎麼了嗎？哈哈，我猜猜……想必是已經決定好，後天的約會要陪伴本小姐去哪邊了吧？」

「不，不是的。」

「？」

妖精疑惑地歪著頭，而我猛力低下頭。

「抱歉！說好要去約會這件事請當作沒發生過吧！」

「……………………進來，本小姐在裡頭聽你解釋。」

妖精說出冷冽的話語後，轉頭走了進去。

「嗚嗚。」

在這個被豪華家具包圍的客廳裡。妖精正坐在沙發上，而我則跪在她面前。這是為了安慰正低著頭，還開始啜泣的妖精。

「嗚嗚…………本小姐……可是非常期待這一天的喔……」

「真的很抱歉！這全部都是我的錯！」

根本沒有找藉口的餘地，我只能拚命低頭道歉。

「請妳原諒！我絕對！絕對會彌補妳的……！」

「嗚嗚……真的會………彌補本小姐嗎？」

妖精用淚眼汪汪的眼睛瞄了我一眼。

「嗯！只要我能辦得到，什麼事我都肯做！」

「……可是……是除了約會以外的事情對不對？」

我明明還沒有說明拒絕約會的理由，妖精這句話卻好像是已經聽過我跟紗霧之間的所有對話一樣。

「啊，對……除、除了約會以外，我什麼都肯做！」

「是嗎……嗚嗚……那這樣……後天……你能來本小姐家一起玩……取代約會嗎？」

「來這邊？」

「對呀。」

「那樣子不就跟平常一樣嗎？真的這樣就好嗎？」

「嗯。」

妖精用很孩子氣的動作點點頭。

「因為本來打算要去約會的……所以行程都已經排好了，原本也想到現場進行取材……還有最近因為動畫忙到沒時間好好玩一玩……那、那個……這樣子……不行嗎？」

「不、不是。」

平常總是很有精神的傢伙，態度卻突然變得如此嬌弱，讓我不禁嚇了一跳。

「不是不行……如果我可以的話，那就一起玩吧。」

有一瞬間，感覺這樣只是換個地點，幾乎也可以說還是在約會——這種想法出現在我腦海一角裡頭。

「太棒了！」

但由於她的臉龐逼近過來，立刻把我這種想法吹跑了。

「那這次真的約好了喔！就我們兩個人喔！絕對不能再找其他人來喔！」

妖精綻放出燦爛的笑容。

「妳、妳臉靠太近了！」

我不知所措地整個人向後仰。

然後視線也跟著移開，結果看到了妖精偷偷拿在手上的東西。

——是眼藥水。

「啊！妳那個是！」

我用力指著妖精手上，結果她吐了吐舌頭。

「哎呀，被發現啦。」

「原來妳是假哭喔！」

我可是被罪惡感折磨到內心無比痛苦耶！

「是啊～～畢竟約會對象是你嘛，所以本小姐早就預料到事情大概會變成這樣。被紗霧發現的話，那孩子一定會喊著不要不要然後使出全力大發牢騷吧。這麼一來你這個超級究極無敵好應付的死妹控，想必就會慌慌張張地說出『那就取消吧』這種話來啦。」

再怎麼樣我也不會用那麼薄情的講法吧。

真的假的……幾乎都被她預料到了。

這傢伙……該不會……真的有聽到我跟紗霧的對話吧？

「反正啦～～跟本小姐這個活潑又可愛的小妖精比起來，還是妹妹比較重要嘛。對征宗哥、哥來說！」

妖精用鬧彆扭的態度把臉轉過去，我也粗魯地回話：

「對啦，不行嗎？」

「沒有不行啊，那樣才像你嘛。」

「什、什麼？」

這女人還是老樣子，總是講些意義深遠的話。

把頭別過去的妖精斜眼看著我。

接著就把比成手槍形狀的食指抵在我胸口。

「呵呵——到了當天就讓你見識一下本小姐全力以赴的模樣，把脖子洗乾淨等著吧。」

「她雖然這麼說……但那到底是什麼意思……」

時間來到約會當天。

在星期天上午，我站在鄰居家門口。

另外今天「為了彌補約會」而過來這件事，我當然已經跟紗霧講過了。

『……哦，是這樣啊，喔……………………………很好啊——』

她似乎很不滿地許可了。

那到底是怎樣啊！這樣會讓我內心有疙瘩耶！

我不禁用手揉了揉後頸，同時按下電鈴。

不久後，玄關的門打開，滿臉笑容的妖精跳了出來。

「你來啦！歡迎歡迎！」

「喔、喔喔……總覺得妳這身裝扮很稀奇呢。」

「呵呵呵，還好啦～～」

低腰短褲配上條紋過膝襪，額頭上掛著時髦的太陽眼鏡。髮型也跟平常不同，使得她給人的活潑印象變得更加強烈。

「你覺得本小姐今天如何呢！很美麗對吧！有沒有重新愛上本小姐？」

「很、很不錯啊。」

我可不會把「很可愛啊。」這種真心話說出口。相對地，我裝出毫不動搖的模樣問：

「怎麼，突然想改變形象了嗎？」

聽到我這個問題，妖精不悅地瞇起眼睛。

「老實說啊，本小姐本來打算穿這件衣服去約會！這是為了讓你嚇一跳而努力挑選的……可是卻因為某個妹控害得整個計畫泡湯，所以才會在今天穿！」

「我真的很抱歉啦！」

「哼，沒關係——本小姐是個不會把那～～種～～事放在心上的女人。相對地，今天你要好好彌補本小姐啦。」

妖精親暱地把我的手跟她的手勾在一起。

「喂、喂喂！」

柔軟的觸感讓我感到困惑，妖精彷彿看穿一切地看著我的眼睛。

「本小姐可是打算把跟你到遊樂園約會這件事當成『新作』的題材，所以你可要負起責任好好幫忙喔！」

原來如此……這表示今天為了彌補我拒絕跟她去遊樂園約會……

所以就要來場「模擬約會」的樣子。

不過這樣子果然是——

「來，征宗！走吧！」

我所抱持的疑問，在被妖精精神百倍地拉住我的手之後就消失無蹤了。

「來這邊！」

「妳、妳是打算帶我去哪裡啊！」

妖精拉著我的手在走廊上前進。

簡直就像是在集合地點會合後的男女朋友一樣。

平常的話，大多是在客廳喝個茶——類似這類的。但她卻穿過客廳，很有精神地指著前方。

「首先是那邊——先去『異世界展覽館』吧！」

「……妳、妳說什麼？」

總覺得我好像聽見一個會有輕小說風格的發音標註的名稱耶。

妖精在自己手指的前方——也就是「異世界展覽館」前方停下，然後露出通曉事理的表情回答我的問題。

「說到去遊樂園約會，就會去遊玩各個遊樂設施吧。」

「……所以呢？」

「本小姐在這座城堡裡，創造出好幾個有趣好玩的遊樂設施了。」

妖精呵呵笑著，並得意地抬頭看我。

「今天的約會——不對！這個為了取材而進行的模擬約會！將由我們兩人來盡情遊玩這些設施！」

「妳說遊樂設施……是特地為今天所準備的嗎？」

「也不是全部啦，例如說這個『異世界展覽館』在前天就完成了。」

「……這、這樣不是很費功夫嗎？」

「因為難得你想要『彌補』本小姐嘛。」

所以才努力準備好的，妖精這麼說著。

「不不不，這種事情應該是我這個要『彌補』的人才需要操心吧。」

「不用在意啊，準備也是約會的一環嘛。假設今天是按照預定『去遊樂園約會』的話——那樣子本小姐也會愉快地進行出門的準備，像是做便當之類的。」

「是嗎？」

這該說很有女孩子風格，還是很有妖精的風格呢。

「不過啊，今天對我而言不只是要進行白色情人節的『回禮』而已。也是要對平常就很照顧我們的妳『回禮』，所以說——」

「所以說你會讓本小姐做很多任性的要求對吧！」

妖精用力摟住我的手。

因為是模擬約會所以這樣很理所當然——是嗎？

光是要讓自己不臉紅心跳就耗盡全力了耶！

「如果我能辦到的話。」

我勉強不顯露在表情上並且回答。

聽到這句話以後，妖精露出一切如同她計畫般的挑釁笑容。

「呵呵呵～～你可別忘記這句話喔！」

「異世界展覽館」

掛在眼前門扉的門牌上，刻著這樣的名稱。

這是道古色古香的門。不過也不是為了今天才裝設的，而是原本就存在的。

位在水晶宮殿（妖精她家）一樓的這個房間，我以前也曾經進去過，但是那時候還只有堆積如山的未拆封紙箱。

畢竟當時才剛搬過來嘛。

「來，要開啟嘍——拭目以待吧！」

伴隨著誇張的中二病台詞，妖精把門推開。

果然，可以明顯發現室內跟以前我看到時相比，已經有所改變。

或者該說，根本是太誇張了。

「唔喔喔！這是什麼！」

我發出驚嘆的聲音。

完全沒有誇飾，這裡的確……

足以稱呼為「異世界展覽館」了。

該從哪邊開始描述才好……

說得也是，首先……房間的牆面擺了一整排燦爛奪目的展示櫃。

那可不是模型店販賣的基本款式，而是真的像是會出現在異世界的王宮，充滿古董味的櫃子。裡頭展示的物品，主要是山田妖精老師的著作《爆炎的暗黑妖精》的周邊商品。其中最多的，果然還是人物模型吧。

SegaPrize、黏土人、Figma……那邊難道是個人製作的ＧＫ人物模型？光是大致看一下，至少就有數十尊吧。

看到我的反應後，妖精滿意地露出笑容。

「呵呵呵！很厲害吧～！」

「啊、嗯……真的很厲害。這些人物模型、布偶、掛軸還有各式各樣的角色商品——這裡到底有多少東西啊？」

「這個嘛，目前在這裡的孩子，總共有四十三人。」

「有出到那麼多嗎！」

「嗯，本小姐的《暗黑妖精》好像很適合製作人物模型，所以在製作模型的原型師之間似乎非常有人氣，從滿早期開始，就有許多人來提案。所以——不知不覺間就變成這麼多了。」

就像是稱讚孩子的母親一樣，妖精顯得有些靦腆。

「喔喔～～～～～」

動畫才剛結束播放的作品能出這麼多角色商品的例子，可說是幾乎沒有。不愧是被稱為今年銷售奇蹟第一名的超人氣作品。

我在這邊就不舉例了，但為數眾多的作品裡——確實存在著「製作了非常多人物模型的角色」這種例子。

即使是對人物模型不太懂的人，我想偶爾也有機會看到人物模型新作的宣傳廣告吧。那種時候，各位有沒有過這種感覺呢？

「為什麼只有這個女孩，明明動畫都結束播放了卻還一直出新的人物模型呢？」

或是……

「這個人物模型新作，原作是幾年前的美少女遊戲啊？」

不然就是……

「喂，這個女孩的人物模型數量也太多了ｗｗｗ」

之類的。

這種疑問的其中一個答案，就展示在我眼前。

看來製作人物模型的原型師們，是用跟我們這些小說家不同的視點來決定要製作的東西。因此似乎會有持續製作讓他們有感覺的角色（大概就等於喜歡人物模型的玩家們所喜歡的造型）的傾向。

雖然只是我個人的看法。

巨乳、姊系、泳裝、歌德蘿莉、防禦力好像很低的鎧甲。

造型非常精細的內褲、蜜桃型翹臀、神祕的煽情服裝……等等——

他們非常喜歡這類東西。

雖然真的只是我個人的看法！

美麗又可愛的插畫家愛爾咪老師所設計的《爆炎的暗黑妖精》裡頭的角色們，可說是完全補足了他們的需求。

不只是天使、惡魔或妖精這類歌德蘿莉和純白蘿莉塔系的女主角、唯我獨尊系的暗黑妖精或是使用魔劍的暗黑騎士、超級成熟帥氣的將軍等充滿魅力的男性角色也被製作成眾多的人物模型。容貌跟姿勢帥氣這當然不用說，就連服裝、武器跟其他這種小配件——這些東西的精細度也都不是蓋的，也難怪會讓人想要立體化。

『愛爾咪畫的魔劍有夠帥！就連細部都很講究，真的有夠神！』

曾經有次我對情色漫畫老師這麼說時……

『別、別人家是別人家！我們家是我們家！哼，講這種話的人就去當愛爾咪家的小孩呀！不管是帥氣的劍或是鐵砲，都叫她幫你畫一大堆好了！』

她講了些這種莫名其妙話開始發脾氣。

「呵呵呵，另外《暗黑妖精》的人物模型裡頭，本小姐最中意的是這尊。」

說完以後，妖精指的是……

背上長出十二枚羽翼的超巨大美少女人物模型？威風凜凜地展示在那邊。

「這是等身大角色人偶『1／1創世神艾蜜莉』喔！」

「這不是跟妳同名嗎！連外觀都很像啊！」

「因為是本小姐親自擔任模特兒呀！」

「果然嗎！果然是這樣嗎！我就知道！因為感覺問了很可怕，我才都不說，但既然原作者自己都講了那我現在要抱怨一下喔！當艾蜜莉神這個角色初次登場時，我可是全力把嘴巴裡的茶噴出來了，妳打算怎麼賠我啊！」

對於我說出的不滿吐嘈，妖精挺起胸膛回應：

「能讓你感激到這種地步的話，那本小姐這麼寫也算值得了。」

「才不是這樣吧！」

「……這真是神聖的裸體對吧，真是美麗到令人炫目的羽翼對吧。呼呵呵呵——想要崇拜這個角色也沒關係喔。」

根本沒在聽。

我眺望著等身大美少女人物模型（半裸），並看開地嘆了口氣。

「……我說啊……讓自己在作品裡以神的身分降臨，總覺得這算是創作者的最終型態之一喔。」

實在不是常人能辦到的事情。

至少我是辦不到。

或者說如果擁有正常人的神經，就百分之百會因為羞恥而絕對不可能辦到。

能夠做出這種事情的傢伙，在我所知道的那些偉大的超級創作者裡頭也是寥寥可數。

真的不開玩笑。

我會真心覺得山田妖精老師是個很厲害的作家，就是因為這部分。

「如果《暗黑妖精》有第二期動畫的話，創世神的聲優當然是本小姐了。」

「最終頭目級主要角色的聲優是原作者，這根本前所未聞啊。」

「沒錯吧！本小姐可是從現在就在練習唷！」

就算妖精很高興地這麼說，我也非常難以回答。

覺得應該沒辦法那麼順利的真心話，跟混雜戰慄又覺得這傢伙搞不好真的會成功的期待感，在我內心天人交戰著。

「話說回來，這個等身大人偶如果是以妳為模特兒……」

我彎下腰把臉靠到人偶的胸口，仔細觀看1／1創世神艾蜜莉。

「到底會有多精巧……」

當我正要這麼說時——咚！低頭後，下巴馬上吃了記肘擊。

「好痛！」

「你、你這個色鬼！請不要靠那麼近看好嗎！」

「妳自己都光明正大展示在這裡了，還講這什麼話！」

我按著頭抱怨，妖精滿臉通紅地大聲喊：

「都是你用那麼下流的眼神在看，才害本小姐開始害羞的啦！笨蛋！」

「妳才是笨蛋吧！那種事情在製作前就要注意到啊！」

我跟妖精在人物模型們的見證下，持續爭吵。

好啦。

「異世界展覽館」——首先已經把人物模型櫃附近描寫完了。

但還沒有結束。

「喂……妖精……我從剛才就很在意……那個是……」

這次我指著房間中央附近。

「喔……那個呀。要近一點看嗎？」

「請務必讓我看！」

我有些興奮。

「哼嗯，男生果然都喜歡這種東西呢。」

妖精從絢爛的底座上把「那個」拔起來，接著一派輕鬆地說「來，請吧～」然後遞給我。

我慎重地用手接下它。

「喔喔……好重！真的是用金屬做成的耶……！」

「很正式吧，這是活動時所打造的『魔劍Red Sword』的模造劍喔。」

「魔劍Red Sword」是《爆炎的暗黑妖精》作品中登場的武器（以妖精來說，名稱還真單純）。

形狀是焰形，這是把有著不祥的波浪型刀身的紅黑色單手劍。

在原作裡頭，身為主角勁敵的帥哥暗黑騎士會讓黑色火焰纏繞在刀身上進行戰鬥，不過這部分實在不可能重現——即使如此還是好帥！

「啊，可惡。這個好棒喔！真好耶～～～～～～～～～～！」

我把魔劍高舉到空中，用羨慕的眼神凝視閃閃發光的刀身。

妖精用略顯困惑的表情看著我這副模樣。

「你好像很喜歡耶。可是啊，比起跟本小姐長得很像又神聖的等身大半裸人物模型，你卻對魔劍比較有興趣……？這讓本小姐有點不能接受耶。」

「那當然吧！我可是男孩子啊！當然最喜歡這種東西了！像是刀劍或槍械之類的！反過來說，我反而對妳那『等身大人物模型〉〉〉〉〉〉魔劍』的喜好半點都不能理解！這對撰寫戰鬥小說的人而言是永遠的夢想吧！即使是模造的，但能讓自己作品的武器在現實世界重現耶！這才是超厲害的事情吧！」

「呃，你幹嘛講到有點發火啊？」

「妳不懂嗎？這種滿溢而出的浪漫感！比如說！像是模造劍『王龍劍卡夏庫特』、模造刀『贄殿遮那』或是模造杖『安茲．烏爾．恭之杖』等，這些自己作品登場的模造武器都被製作到非常逼真的水準！如果我是作者，可是會喜極而泣的啊！甚至會高興到從這裡全力奔跑到荒川跳進河裡喔！但是……妳這傢伙！到底算是什麼！」

「在約會中把女孩子丟在一邊，然後沉迷於武器之中的你又算什麼？」

「……………………真的非常抱歉。」

這論點正確到無法反駁。

「不、不過啊……這代表這把劍就是棒到這種地步。」

「……這結束話題的方式還真硬呢，不過也沒關係啦。再說真那麼喜歡的話，送你也無所謂喔。」

「……老實說我是很想要，但我不能收下。」

「為什麼？」

「因為這把劍是屬於這裡的。」

我認真地說道。如果是其他人，例如說被學校的朋友聽見，大概會噗哧一聲笑出來吧。

但妖精沒有笑。

「說得也是，本小姐還真是失言了。」

「喔。」

看到妖精沒笑出來，這次是我笑了。

「總有一天我也要寫部人氣作品，然後請人打造帥氣的模造武器！」

「只要你還在寫現代戀愛喜劇系列就不可能辦到啦。」

「啊啊啊！說得也是喔！」

妖精這準確的吐嘈，讓我抱頭仰天。

「可惡～～～！沒有戰鬥的小說就是這樣啊！這是身為男孩子最大的缺點！帥氣的刀劍跟槍械都沒辦法在《世界妹》登場，也沒辦法到超級機器人大戰裡頭參戰！」

「……你寫的小說裡不是從來沒有出現機器人嗎？」

「啊啊啊，我也好想讓自己作品的角色跟夏●對話喔！動畫化的話就想請人製作超精彩的戰鬥ＯＰ……！然後好想以原作者的身分在推特實況動畫轉播，在被沒閱讀原作的人生氣罵說不要劇透的同時，解說戰鬥場景的各種設定喔喔喔喔喔喔喔喔喔喔！」

這是我靈魂的慟哭。

「再寫新的不就好了嗎？寫部全新的戰鬥小說新作。」

「對喔……說得也是！」

現在必須集中在《世界妹》上頭所以還辦不到，但總有一天我還想再寫一部戰鬥系的輕小說。

「而且即使是戀愛喜劇，周邊商品也是不容忽視的喔。可愛系的商品就比戰鬥系為主的作品好賣。本小姐的《暗黑妖精》是神所創造出來的特殊作品所以是個例外——但是如果想讓人物模型大量製作發售到可以成立這樣的展覽館，果然還是純戀愛喜劇才能做到吧。」

「人物模型化嗎……老實說我是沒什麼興趣……」

不只限於我。

好～～為了讓自己想出來的美少女可以模型化，我要成為輕小說作家～～我想應該幾乎沒有這種人吧……該說是沒什麼感覺嗎？還是要說就算實際商品化了，我也不太清楚自己到底會不會感到開心。

「就是像你這樣的傢伙才越會沉迷啦！想像看看，你撰寫出來那些自己引以為傲的超可愛女主角們被立體化成好幾種商品，然後送到書迷手邊的情景……」

「唔……那樣子，也許會有點開心……」

我雙手交叉在胸前，照妖精所說的試著想像。

「到電子遊樂場時，就能看到和泉征宗作品的妹妹女角們並排擺滿在夾娃娃機裡頭。」

「喔喔……那樣也許滿壯觀的。」

「當然也會有作為樣品的人物模型送到原作者手上，裡頭還會有讓收藏者們垂涎三尺的珍奇非賣品在裡頭喔。」

「喔……這麼聽來，就覺得好像很了不起耶。」

「對吧。如果弄間像本小姐這樣超棒的展覽館來擺飾——不覺得會很有趣嗎？」

我往周圍瞄了一下，看著並排在牆面的人物模型櫃。

擺出各種姿勢的主角和女主角們，如果這些全部都變成是和泉征宗作品角色的話呢？

那樣對我來說……不就是能跟模造劍匹敵，有如寶物般的光景嗎？

「……說得……也是……也許……會很開心。」

「不過，果然還是要看到實際商品才行呢。」

就是這麼一回事。這種事情不實際體驗看看，是不可能了解的。

妖精露出牙齒笑著。

「等《世界妹》發售像創世神艾蜜莉這樣等身大美少女人物模型時，到時候就輪到你跟本小姐炫耀啦。」

「就這麼辦……不過，能展示等身大人偶的場所啊……父母的房間我不想動……紗霧的房間又不能自由進出……唔唔。」

妖精對煩惱的我說：

「擺在玄關呢？」

「被京香姑姑看到的話，不就肯定要開家庭會議了嗎！」

那種情景我能輕鬆想像出來！

「那只能擺在自己房間啦。」

「……等身大人偶實在沒辦法啦。不管怎麼說，我可不想打那種如意算盤。為了能夠擁有這麼奢侈的煩惱，現在只能先繼續努力啦。」

「就那麼辦。來，要去下一個地方嘍！」

原本還想說在家裡模擬到遊樂園約會是怎麼樣的情況，不過不管怎麼說，我們都度過了愉快的時光。

不過，我想這一定只是……

因為跟普通聊天都能聊得很開心的人在一起的關係吧。

我們離開「異世界展覽館」之後，走上樓梯前往二樓。

妖精用單手展示抵達的門扉，並說：

「這裡是『美少女幻影館』喔！」

「這裡不是山田妖精老師的工作用房間嗎？」

「囉唆耶，只有今天是『美少女幻影館』啦。好啦別多廢話了，快點進去吧。」

妖精拉著我的手，進入所謂的「美少女幻影館」裡頭。

我環視室內敘述感想。

「……怎麼好像空蕩蕩的，也沒有電腦桌那些東西……都跑哪去了？」

「喔，因為很礙事所以都搬走了。」

妳竟然說重要的工作道具很礙事所以搬走了！受不了，這傢伙真的是……

「所以……這個房間到底哪邊稱得上『美少女幻影館』呢——再說這個遊樂設施的主要內容是什麼？」

聽到我詢問後，妖精指著單獨擺在房間中央的圓椅子。

圓椅子上擺了台單眼相機。這我知道，是很貴的那種。

「也就是說，是要用那台相機『拍攝美少女』，這要當成兩人前往遊樂園的紀念。」

「原來如此。」

「當然攝影師就是你——這樣子懂了嗎？」

「好，我懂了！」

我理解一切以後，就幹勁十足地拿起相機。

「真稀奇，征宗你很起勁嘛！知道相機怎麼樣使用嗎？」

「沒問題。家裡有台相同類型（舊型）的相機，取材時我也會拿出來用。」

我笨手笨腳地調整好相機，然後把鏡頭朝向「拍攝對象的美少女」。

「要拍嘍！」

我鼓起氣勢按下快門。啪嚓，啪嚓啪嚓！

「等一下。」

「很好很好，再一張！」

喀嚓喀嚓！

「等一下啦！」

隨著妖精放聲大喊，取景器也一起變暗。因為被她伸手遮住了。

正熱中拍照的我，發出含有抗議成分的不滿聲音。

「幹嘛啦。」

「什麼幹嘛！你到底在拍哪邊啊！」

「隔著陽台看到的紗霧。」

「要拍本小姐啦！」

「因為是妳說要『拍攝美少女』的啊……」

「不是有嗎！就算不特意去偷看對面房間，你身邊就有個超級美少女了吧！」

「……妳的確很可愛。」

像這樣生氣的臉龐也一樣。

「什、什麼啦……突然這樣誇獎本小姐。」

「但是！那樣也贏不過『妹妹毫無防備地在床上滾來滾去的構圖』啊！」

我緊握拳頭說著。

妖精默默把窗簾拉上。

「啊，妳在幹什麼！」

「沒經本人許可就擅自攝影可是違反禮儀的行為喔。好了，本小姐要把照片刪掉，相機給我。」

「…………唔……是、是沒錯啦。難得拍到超可愛的照片……雖然有這種想法！……但是妖精妳說得沒錯！」

我像是下令處決馬謖的諸葛孔明，用充滿苦澀的表情交出相機。

「來，把它刪除吧！」

「……你這傢伙還真誇張。好啦，刪掉了。」

啊……刪掉了。

「好，那就重新——」

妖精再次把相機交給我，並擺出模特兒般的姿勢。

「——請拍吧，這次一定要拍本小姐這個超級美少女暢銷作家喔。」

「那個啊……」

「什麼事？」

「這個是重現妖精去遊樂園時想做的事情，或是想要去的地方沒錯吧？」

「嗯，是啊。」

剛才的「異世界展覽館」是「山田妖精展」——雖然規模很小但還是勉強可以稱為主題公園，那這個「美少女幻影館」大概就是……

「是嗎，那我們一起拍吧——」

「咦？」

這句話似乎出乎她的預料，妖精睜大眼睛。

我把相機拿到跟臉一樣高的位置，露出惡作劇般的笑容。

就像她總是對我這麼做的一樣。

「——因為是『紀念照』嘛。」

「……………………」

妖精雖然露出驚訝的表情，但立刻恢復成平常的狀態，呵呵呵地——對我回以笑容。

「明明是征宗，偶爾還是會說些善解人意的話來嘛！說得也對！到遊樂園約會當然就要拍『紀念照』嘛！」

她害羞地笑著，看起來很高興。

「喔～～原來你那麼想跟本小姐兩個人一起合照嗎？」

「嗯，如果妳願意的話。」

「真是沒辦法呢～～～～～～～既然你那麼希望的話，那就來拍吧♪」

妖精用非常起勁的腳步來到我身邊，並且勾住我的手。

「喂，妳、妳靠太近了啦！」

「本、本小姐也覺得很不好意思呀，你忍耐一下嘛！」

「這相機很重，沒辦法用單手拍嘛！把三腳架拿出來啦！」

「哎喲，你還真不會看順序耶。啊！對了！既然機會難得，就乾脆角色扮演一下再拍吧！角色扮演！」

「角、角色扮演嗎！」

「沒錯！剛才『異世界展覽館』那邊有吧！」

「啊、喔……的確有。可是──」

「來玩嘛！角色扮演的攝影！可以吧？好不好？好嘛？」

妖精用撒嬌般的眼神抬頭看著我。

「………………」

都被這樣拜託了，還真無法拒絕。

絕、絕對不是！不是因為被妖精這可愛的撒嬌請求給迷惑了喔！

「知道啦，那麼──去換裝吧！」

「就是要這樣！」

於是──

我們綜合兩人的提案，拍起「角色扮演紀念照」了。

而且不只是很要好地一起合照。

還很起勁地玩起重現原作場景。

由「妖精弓箭手」挑戰「魔劍的黑騎士」的場面，這是《爆炎的暗黑妖精》的ＯＰ重現照片。當我從相機直接看到照片時，臉頰發熱地說：

「……妖精……這張照片可不可以別讓其他人看見？」

「為什麼？不能跟大家炫耀嗎？」

「絕對不行！我會羞愧而死！」

「事到如今你是在害羞什麼啦～～！剛才明明那麼起勁地擺出必殺技！」

「拜託妳真的別這樣！唔……沒、沒想到作家出道第四年了，我居然又刻劃出全新的黑歷史……！」

「──不過，應該很開心吧？」

「────」

正搖頭苦悶的我「唉──」的吐出放棄的嘆息，然後有點自暴自棄地說：

「超開心的！」

「本小姐也是！」

噗，我們兩人不謀而合地發出笑聲。

然後──

妖精的工作室──不對，「美少女幻影館」裡頭響徹著響亮的歡笑聲。

「接下來是午餐！」

拍完角色扮演照片後，我們不是去客廳而是來到中庭用餐。

菜單是餡料很多的三明治。

「果然很美味呢，燙、好燙！」

看到我滿嘴塞滿包著熱呼呼雞肉的麵包，妖精呵呵笑著。

「因為剛做好沒多久，就請你多多見諒啦。比起重現程度，還是味道比較優先嘛。」

「完全正確。」

如果去遊樂園約會，在現場可沒辦法吃到這種熱騰騰的三明治呢。

「這也算那個嗎？遊樂設施？」

「是啊——就叫『妖精的花園』好了。」

妖精環視整頓得非常美麗的花園說著。

以前還很殺風景的庭園，現在則有整排的春季花朵或香草的盆栽。

「來，征宗，也來吃吃這個三明治吧。」

我一下子就把雞肉三明治吃完，妖精就拿了個新的三明治給我。

這次的餡料是起士、蕃茄跟羅勒嗎？

「謝啦。啊，難道說夾在這個三明治裡頭的羅勒是妳栽種的嗎？」

「其實本小姐是很想那麼做啦。」

妖精看著盆栽說：「但那個還太早了。」

「七月左右就能夠收成，到時候再舉辦餐會招待你。」

「那還真是期待。」

「本小姐還想稍微增加一些能吃的種類呢。」

她看著親手培育的盆栽，開心地露出笑容。

……她的興趣還真多樣化。

「話說回來，妳今天很堅持不讓我走進客廳耶。」

今天早上跟剛才都是這樣，當我以為是要在客廳用餐時就被妖精帶到中庭來。當然，不管哪一次都是有很正當的理由……

果然妖精露出正合我意的表情揚起嘴角。

「你今天還滿犀利的呢，是想要奉還輕小說主角這個稱號了嗎？」

「我本來就不記得自己有接受過這種稱號啊——客廳裡頭有什麼嗎？」

「反正已經曝光一半了，本小姐就告訴你一部分吧。現在水晶宮殿的客廳，已經為了『遊玩各項遊樂設施』而改裝完畢了。」

「也就是說，已經變成『異世界展覽館』或是『美少女幻影館』之類的地方了嗎？」

「沒錯，不過名稱還是祕密。」

「嗯哼，那這樂趣就留待去到那邊之後吧。」

接下來我們又去玩了兩個的遊樂項目後，正好是三點鐘。

「時間差不多了，去喝杯茶吧。」

妖精這麼說完後，就帶我來到那個客廳。

跟我偷偷預料的一樣，客廳已經變成「咖啡廳」了——但是……

「這、這是什麼啊！」

「就取名為『和風喫茶和泉』吧。」

「為什麼要用我的姓——不對啦！平常的客廳根本已經消失無蹤了啊！」

沙發變成坐墊，矮桌也變成充滿風情的漆器型矮桌。牆壁掛上竹簾，螢光燈也改為提燈的風格。

家具全部都被換掉了。

平常的西洋風家具已經無影無蹤。

「本小姐超辛苦的耶！這都是只為了今天才準備的！昨天還把愛爾咪也叫來幫忙！」

「妳認真過頭了啦！再說讓我得知那種內幕以後——我到底該做出什麼樣的反應才好啊？」

「你就徹底感到驚訝，然後再覺得高興吧。因為這裡的裝潢、甜點都是為了讓你好好享受一番才準備的。」

「……………………」

總而言之，這已經充分讓我了解到自己受到熱烈款待了，真的很充分。

妖精走進徹底改變的客廳，指著上座。

「來……征宗，你就坐那邊吧。」

「這樣嗎？」

「沒錯，稍微等一下喔。」

妖精快步走向廚房。沒多久她端著托盤回來，把茶跟甜點俐落地擺在矮桌上。

妖精經常請我吃她親手製作的餅乾或蛋糕這類甜點和紅茶，但今天的茶點跟平常完全不同。

玉露的香味飄揚在周圍。

「不用喝就知道是超昂貴的茶……這邊是什麼？瑞士蛋糕捲……好像不是……」

「這是草莓大福喔。這次試著調整成本小姐喜好的外型，很可愛吧。」

「喔……還真厲害呢。」

我用竹籤吃下外型簡直就像是蛋糕的草莓大福。

很理所當然的，味道也很棒。我這個對和菓子有獨特見解的人，也瞬間就認同這味道。

「嗯，真美味。妳也會製作和菓子嗎？」

「是、是啊。因為你好像很喜歡……所以本小姐就看了你母親的料理節目影片……來練習。是因為你好像很喜歡喔。」

真囉唆耶。

「征宗？你可以多多稱讚我也沒關係喔，稱讚本小姐的貼心與熱情。」

「謝謝妳喔！」

因為這傢伙都會自己這麼講。

順帶一提，妖精所說的「你的母親」並不是指紗霧的母親——那位被我稱為「媽媽」的人，而是我稱為「老媽」的親生母親。

我之前可能有說過，老媽生前是料理講師。

「……我想說這有種很懷念的味道，這跟老媽的調味很相似呢。」

明明是第一次吃草莓大福……不過還是能知道。

「有做出……稍微有點懷念的味道嗎？」

「嗯，有啊……不過，其實我也沒有吃過老媽的草莓大福。如果給老媽做的話，應該就是這樣的味道吧……我是真的這麼想。」

「……是嗎，那就好。呃，就是說……那個……」

妖精很難得地講話講得很顧慮，想必因為這是很敏感的話題吧。

「不用在意啦，普通地講就好。已經是好幾年前的事了，沒問題。」

「真的嗎？那本小姐就直接說了……日本不是有『媽媽的味道』這句話嗎？」

「有啊。」

「那是很棒的想法呢……本小姐的雙親都不是會自己煮飯的人……所以本小姐沒有體驗過所謂『媽媽的味道』喔。雖然跟過世的父親大人有一起用餐的回憶……但對於味道本身沒有任何想法。不過，你應該不同吧？」

「嗯，我家是剛好相反。我對老媽的回憶，幾乎都是料理呢。」

「對吧？所以……」

妖精用「說不定你聽了會生氣」的表情說：

「……本小姐就覺得如果能重現你『記憶中的味道』……那你可能就會很高興……你覺得如何呢？」

她怎麼用這種表情問我呢？這種事我根本不可能生氣嘛。

「……呃，我真的很懷念喔，甚至回想起許多已經忘記的事情。」

家裡所有人都圍著餐桌，大家一起吃老媽煮的飯這種情景。

到了假日，老媽好像都會講些料理的小常識給我聽。

只剩我跟老爸兩個人以後，我會邊看老媽以前上過的節目邊練習作菜。

「你能夠喜歡真是太好了。」

「是、是嗎，謝啦。」

我雖然感到難為情，但還是向她道謝。

「不用客氣……其實不只是和菓子，本小姐原本也想要試著準備幾道餐點的。」

「但即使照著食譜作，也沒辦法重現『媽媽的味道』對吧？」

「啊，你自己也試作過了吧。本小姐沒有實際嚐過所以也不清楚差別，但你的母親在節目裡也說過──『這在我家的話，味道會稍微不太一樣喔～～』。想必在家裡是配合家人的喜好去製作的吧。」

在料理節目裡教的是一般大眾的調味。是能讓全國的媽媽們輕鬆做出來的食譜。跟老媽在和泉家製作的料理是不同的。

「所以這輩子再也吃不到『媽媽的味道』了……我原本已經放棄了。」

「如果是你沒吃過的『母親料理』，那看來現在的本小姐也能在某種程度上騙過你的舌頭呢。」

老媽經常在節目中提起自己的兒子，所以妖精也能從中猜到「和泉征宗從來沒吃過的料理」吧。

「雖然妳說是騙過，但那的確是我很懷念的味道喔。會讓我有『啊啊，老媽的確是這樣調味的呢』的想法。」

雖然這不是安慰她而是真心話，但妖精似乎不太能接受。

她露出認真的表情瞇起眼睛。

「……老實說，本小姐很不甘心……現在雖然辦不到，但總有一天絕對會完全重現『和泉家的味道』給你看，給本小姐洗好舌頭等著吧。」

「哈哈哈，這句話是什麼意思啊。」

配上妖精那非常不甘心的表情，讓我稍微笑了出來。

「不過如果真的能重現的話……就務必拜託了。」

那個已經再也無法嚐到，充滿回憶的味道。

老媽的味道。

「交給本小姐吧！本小姐絕對會再次讓你品嚐到！」

妖精充滿自信地掛保證。

「喔……總、總覺得妳幹勁十足耶。」

是怎麼了嗎？

「哼，本小姐只是隨時都會盡全力來一決勝負而已。就算是往生者也絕對不會手下留情。」

雖然搞不太懂，但這句話還真帥氣。

與其說是幹勁十足，不如說激起了對抗心。

她稍微輕咳一聲。

接著用沉穩的動作喝口茶，然後抬起頭說：

「……這件事先放一旁。雖然給人用演出來矇混的感覺，但這個『和風喫茶和泉』是本小姐今天的極限……讓我們兩人一起好好享受吧。」

「那當然。」

我點點頭。

不過說起來……今天原本是重來一次「我要回送妖精白色情人節禮物」的日子才對，結果卻好像變成是我受到妖精款待一樣。

這樣不太好。

我也要學習她，好好對抗一下才行。

「……對了，我也有東西要給妳。」

「哎呀，是什麼？」

「就是這個。」

我從帶來的包包裡，拿出掌上型主機的遊戲。

「——啊！那是上個月發售的……」

「讓我先預防萬一地問一下……這個妳還沒買吧。」

「咦、嗯，因為動畫那邊剩下的工作還很忙，到了昨天才終於結束——不過你怎麼會知道？」

「是妳自己在推特寫的呀，說等這次工作結束後絕對要去買。所以買這個當成送妳的禮物應該剛剛好…………我是這麼想的啦……」

我的聲音之所以越來越小聲，是因為妖精瞪大了眼睛又默不作聲。

奇怪？我說錯什麼了嗎？

「…………………………………………」

「…………妖、妖精？」

「————這、這個……要給本小姐？」

「所以就說是要給妳的嘛，這是我送給妖精妳的禮物。」

我用雙手把遊戲遞給她。

「總是受到妳照顧了。」

「好、好的！」

妖精用看起來還有點混亂的模樣，收下了遊戲盒。

我面向她說出真心慰勞的話語。

「動畫化真是辛苦妳了。」

「嗯、嗯……謝謝。」

也許是漸漸掌握住狀況了，妖精終於微微露出笑容。

她像是要捉弄我般露出雪白的牙齒笑說：

「話說你每天都在看本小姐的推特嗎～～？嘻嘻嘻，好～～噁心喔！」

「因、因為我可不希望買了遊戲當禮物，但妳卻已經有了啊！」

我滿臉通紅地講藉口，妖精則緊盯著我率直地說：

「但本小姐很高興喔。」

「哼、哼嗯，那就好。」

我像是掩飾害羞般「咳咳！」咳了一聲。

「呃，還有啊！」

我從包包裡拿出自己的掌上型主機。

「我也買了同一款遊戲！下次我們一起玩吧！」

「是現在。」

「咦？」

「現在立刻來玩吧！你稍微等一下！本小姐也去拿一下主機！」

妖精恢復成平常的狀態，很開心的大聲說著。

看來我的禮物，算是給予今天的她一記反擊了。

在變為和式風格的客廳裡，我們暫時一起玩遊戲。

然後這也告一段落，目前正在休息中。

原本坐在對面的妖精，跑來我身邊。

「喂，征宗。」

「……怎麼了嗎？」

「關於剛才那件事的後續……」

她在坐墊上跪坐，接著併攏膝蓋端正坐姿。

「什、什麼？」

「如果跟本小姐結婚的話，任何你喜歡的東西，本小姐每天都能做給你吃喔。」

「————啥？」

——因為你是我的夫婿候補。

我想起被妖精反過來發出求婚宣言時的事情。

「結、結婚……妳這是！」

妖精看著我驚訝的眼神，小聲地說：

「本小姐每天都會穿上你喜歡的服裝，而管理家計的太太給先生的零用錢………………說得也是……大概每個月一百萬圓左右如何？」

好多！不、不對啦！

「妳、妳突然在說些什麼啊？」

「是自我推銷啦，自我推銷——呵呵。當然家事本小姐也全部都會幫你做，有想要的東西本小姐都會買給你，而且不算在零用錢裡。本小姐也會尊重你的自由時間，想要工作也是隨你自由喔。」

「妳這絕對不是女孩子的自我推銷吧！」

這是努力想結婚的男性對女性的甜言蜜語啊！

「是嗎？那……這樣如何呢？」

「……喂，就說妳靠太近了。」

妖精把臉貼得更近，幾乎是能感受到她呼吸的距離。

「如果結婚的話……就由你、本小姐跟紗霧——三個人一起和睦地住在一起……然後買台大家都能一起搭乘的大型車吧。總有一天，等那孩子的家裡蹲治好以後，就讓本小姐開車載大家去旅行，泡溫泉、海邊、滑雪、賞花跟參加祭典……光是想像就覺得興奮了吧。如果能夠住在一起的話，那就把水晶宮殿改建成我們夫婦的作品展示館也很棒呢。從走廊到房間全都擺滿商品來展示，用來好好炫耀一番吧。」

妖精述說的結婚生活，實在太過具體了。

而且連今天遊玩的遊樂項目，也似乎全部成為伏筆——

讓我不禁想像起那樣幸福的每一天。

「覺得如何呢？」

「……如果每天都像那樣的話……也許，就不會寂寞了。」

「對吧！有感到心動嗎？」

「……沒、沒有啊。」

「是、是嗎……」

她那端正的臉龐就在我眼前。碧藍的眼眸，筆直地注視著我的眼睛。

「…………………」

今、今天這傢伙是怎麼了……該說比平常還更積極，還是該怎麼形容呢？

讓人不禁顫抖——

「喂！不要偷偷把手放到我的大腿上啦！」

「啊，這招真的有效耶。」

「是哪個傢伙教妳這種不正經的事情啊！想必是惠那傢伙吧！」

這是酒店小姐的手法嗎！

「是沒錯啦……呵呵呵，不過征宗……你的臉好紅喔。」

「當然啊！這種招數當然有效啊！我可是健全的高中男生耶！」

看到我這激烈的反應，讓妖精不停地眨眼。

「哼、哼嗯～～有那麼管用啊……這招用的人其實不會覺得不好意思耶，真是令人意外的事實。本來還覺得蠢，但果然還是要試試看才知道……這算是今天第一個收穫吧。」

「就叫妳不要用那麼煽情的動作戳來戳去啦！」

我坐著嘗試拉開跟妖精之間的距離。

結果妖精似乎覺得有趣地揚起嘴角，反而更加拉近距離。

我一下子就被逼近死角。

「等一下，不要逃跑嘛。」

「我拒絕。」

「本小姐有說過要你幫忙取材吧。」

「這、這種狀況也叫做取材嗎？」

「沒錯沒錯，當然是取材。」

總覺得在海邊的時候也有過這種對話。

然後就在克里斯大哥面前，陷入對他妹妹進行黏液PLAY的困境。

「這是取材在摩天輪裡頭，遜砲男主角被肉食系女主角猛烈追求的場景。呼呵呵，所以征宗……**乖乖成為本小姐的犧牲品吧！**」

「告訴我妳的奇幻小說有哪裡出現過摩天輪啊！」

我側身閃過化為肉食獸襲擊而來的妖精，用有如特技表演的動作滾下坐墊。接著站起來像是要甩開那誘人的感觸般，用手拍拍大腿。

「再、再說既然是《爆炎的暗黑妖精》的取材，卻到遊樂園約會也太奇怪了！」

「事到如今你還在說什麼蠢話。如果這是輕小說的話，當讀者在一百六十七頁第七行看到山田妖精的台詞有重點標註時，就會察覺到不自然的地方啦。」

「別搞這種跳脫作品的言行啦……這麼說來，妳剛才好像有講新作什麼的。咦？這樣子難道說——」

「沒錯。」

妖精點點頭，很乾脆地說：

「本小姐決定要撰寫全新的現代系戀愛喜劇小說系列作品了。」

「唔咦咦咦！」

我超級驚訝地放聲大喊。

「那妳現在寫的《爆炎的暗黑妖精》怎麼辦！難、難道說！」

「不會結束掉啦。《暗黑妖精》當然也會跟以前一樣繼續寫下去，只是要撰寫跟它不同的全新系列作品而已。」

「為、為什麼？妳的寫作速度沒有到那麼快吧？妳之前雖然說動畫結束後就會退流行，但發售二十萬本以後也立刻再版了，這毫無疑問是部絕對會製作第二期動畫的超暢銷作品——如果這樣子連新作也變得暢銷，然後跟《暗黑妖精》第二期動畫重疊或是接著連續下去，妳的工作量就會很不得了喔！這次妳真的會死掉喔！我說真的！為什麼要特地在這種時間點開始寫新系列作品呢！」

因為我真的是搞不懂，所以提問的速度也變得很快

妖精無畏地挺起胸膛，直截了當地說：

「因為本小姐想寫。」

「…………………………是喔。」

我暫時思索著這個答案的含意，然後這麼說：

「如果是變得想寫的話……那也沒辦法呢。」

雖然很辛苦，時機也不太好，但也只能寫了。

因為就是想寫了嘛，因為想到有趣的故事了嘛。

跟村征學姊那時候一樣。

『我決定撰寫新作。要問為什麼的話，就是因為我想寫了。』

比起列出一整排正經的理由，這對我來說是更加能夠接受的理由。我想這一定會是部有趣的作品。

「對，就～是沒辦法呢。」

妖精重新坐回坐墊上，並用手掌拍拍自己身旁。

這是「本小姐解釋給你聽，坐下吧」的手勢。

我重新在她身邊坐下，問說：

「妳說是現代系作品？」

「嗯，現代系然後沒有戰鬥的戀愛喜劇，會是嚴肅劇情稍微多一點的作品。」

「喔……有什麼變得想寫這種作品的理由嗎？」

「…………」

「什麼？」

「沒什麼。」

妖精露出神祕的笑容，她敷衍地改變話題。

「比起這個……因為剛才都只有本小姐在取材，接下來就輪到你啦。」

「輪到我？」

發現我無法理解她的意圖後，妖精很得意地斜眼看著我。

「你現在撰寫的是妹系的戀愛喜劇對吧。身為超究極無敵妹控輕小說作家的你當然會寫些想要跟妹妹一起做的事情，這不是靠理論得出的結果，而是你很清楚這樣才是最有趣的。」

「嗯、嗯，也許是吧。」

被這麼一講，就覺得有夠不好意思。

把自己想跟妹妹一起做的事情，撰寫成好笑又有趣的戀愛喜劇。而且還讓妹妹本人閱讀，請她繪製插畫。

簡單說，妖精是想對我指出這一點吧。

這、這也沒辦法啊！妖精自己也說了，那是能讓文章變得最有趣的寫法嘛！以取材為由跟妹妹做些各式各樣互動（有時候也會有點色色的請求），這也是為了作品啊！我敢賭上作家生命發誓，希望大家能相信我。

「呼呵呵……本小姐從紗霧那邊聽到很多事情喔。」

「什……是、是什麼樣的事情啦？」

我因為跟剛才不同的理由臉紅，於是妖精用嘲弄的語氣對我說：

「聽說你似乎以取材為由偷窺洗澡。」

「給我等一下！是『紗霧』！『偷窺我洗澡』吧！」

為什麼好像變成是我偷看紗霧洗澡一樣啊！

紗霧，妳是故意講得好像是這種情況的吧！

我試著拚命解釋，結果……

「哎呀，是嗎？不過，本小姐也覺得會是這樣。」

她似乎早已經看穿了。

「既然妳都知道了，那就不要用那麼容易混淆的說法啦……」

妖精在慌張的我面前優雅地笑著說：「因為本小姐想看你那沒出息的表情嘛。」

真是……

雖然對我而言這實在是受不了，但發現妹妹在哥哥不知道的時候已經跟朋友親密到能聊這種話題，老實說我很高興。

「好啦，征宗。仔細聽好喔，接下來本小姐要說些很勁爆的事情。」

「……我還是第一次看到有人自己講這種開場白的，請說吧。」

當我插話進去之後，妖精就把手扠在腰際，向後挺起那單薄的胸膛。

「只有現在，就由本小姐來當你的妹妹！」

「啥！妖、妖精妳要當我的妹妹……？」

這奇特的提案，讓我不禁想像起這種if情節。

『哥哥大人！哥哥大人呀！跟本小姐一起玩嘛！從後頭抱著本小姐來玩遊戲吧！讓我們親熱地坐在一起看動畫吧！就我們兄妹兩人一起去旅行嘛～～！好嘛好嘛，哥哥大人♡』

她會像這樣無比積極地纏著我，好像很辛苦又好像很可愛……

『咦～～騙人！哥哥的新系列作品都出到第三集了，累積銷售數量還沒有二十萬本嗎～～？喂喂！比本小姐一集的銷售量還少，這是開玩笑的吧！噗噗～～！』

煩死了，還是不要當哥哥好了。

「啊！征宗也真是的，剛才你正妄想本小姐成為妹妹，然後想些色色的事情對吧！」

「完全沒有啊，我只是再次確認到這世界上果然沒有比紗霧更棒的妹妹存在。」

「喔，是喔！笨蛋，白痴～～！」

「笨蛋就笨蛋！所以，為什麼要搞這種意義不明的提案？」
剛剛才講出「從紗霧那邊聽到很多事情」這種恐怖發言的妖精再度開口，並呼呵呵地露出邪惡的笑容。
「你呀，應該有過拜託紗霧但被她說『不行』拒絕的情況吧，也應該有想要取材卻沒辦法取材的超萌場景對吧？」
此時再度回到取材的話題上。
「這個嘛，也不是沒有。」
「『那些』就由本小姐代替妹妹來為你實現吧！還會加上超可愛妹妹的演技！」
「咦……不覺得讓妳當妹妹會很煩嗎？」
「才不煩！絕對會是可愛到亂七八糟的妹妹啦！」
「是、是這樣嗎？」
「這是很棒的提案吧。對你來說，這在各方面都是很開心的獎賞吧！」
「總覺得妳這種講法很令人在意……不過，如果妳願意代替紗霧來讓我取材的話……那樣是很感激啦。」
「沒錯吧，就是說吧。」
「不過要說『我想跟妹妹一起做的事情』喔……突然這麼問我，一下子還真的想不出來耶。」

正確說應該是，「想做的事情多到讓自己迷惘，和都是些跟冒牌妹妹做也沒意義的事情」這種感覺吧。

我煩惱地雙手交叉在胸前思考。

「喂，征宗……不對，哥哥大人……」

「嗯，怎麼了？」

看來妹妹的演技似乎已經開始了。

妖精成為我的妹妹（暫時）之後……突然滿臉通紅地抬頭看著我說：

「本、本小姐的話……跟哥哥大人一起洗澡……也是可以喔。」

「妳、妳、妳……」

妳在說些什麼啊！不成話語的呻吟聲從我口中冒出。

妖精似乎光靠這樣就察覺到我想說什麼，她不斷偷瞄我並且說：

「因、因為……你被紗霧拒絕了吧。」

紗霧，不要把這種事說出去啦！那、那傢伙真的是……完全不重視我在社會上的評價啊！

「你不想……取材嗎？」

「那、那……」

那當然……沒辦法說不想啊！不行不行不行，絕對不行！會跟紗霧這麼說有一半也是想捉弄她，如果她真的答應也是打算請紗霧穿上泳裝。所以如果拜託妖精的話也是泳裝——不對啦！

「別、別開這種惡質的玩笑！」

「這、這種事情……不可能是開玩笑的吧……」

妖精臉紅到似乎要噴出火來，並且朝我爬過來。

「但、但是……」

我就這樣坐著向後退縮。

不久後……妖精就變成整個人覆在我身上的姿勢——

「來，認命地脫光吧，哥哥大人！」

「那種台詞，就算是司波深雪也不會說喔！」

這女人連泳裝都不想穿！她到底有多想要裸體啊！

妖精強硬地想要把我的鈕釦鬆開，我則試著拚命抵抗。

「呵呵呵，鈕釦已經全部都打開嘍～～～～～～～～～」

「呀啊啊啊！色女！變態！紗霧救我！紗霧——！」

哥哥淚眼汪汪地向妹妹求救。

是這份思念傳達到了嗎？在妖精要把我的襯衫剝下之前——

嗶嗶嗶嗶嗶嗶！妖精的手機傳來有如抗議的聲響。

「…………………………」

「……………………」

我跟妖精都暫時停止動作，注視著在矮桌上不停響起來電鈴聲的手機。

妖精伸手拿起手機接聽，用稍微有些不爽的聲音說：

「是本小姐啦。」

『我是紗霧。』

那個聲音連我也聽得見，妖精跟我的臉依舊靠得很近。

「……紗霧……怎麼了嗎？真稀奇耶，妳居然會打過來。」

『哥哥他現在在妳那邊吧。』

「……在啊，怎麼了嗎？」

『在那之前……小妖精，因為我說些任性話害妳的約會取消，真的很抱歉喔。』

「已經沒關係啦。所以，有什麼事嗎？」

『彌補。』

「什麼？」

『我也會彌補妳的。』

「……就這樣？」

『嗯，就這樣。』

「……妳該不會有看到這邊的情況吧？」

『那怎麼可能。』

「是、是嗎？真的嗎？妳是不是有點生氣？」

『真的，我沒生氣……哦……如果被我看見的話，會很糟糕嗎？』

「一點也不糟糕。也不用特別彌補什麼啦，妳也別在意了。」

『那我就不在意了。』

「再見嘍。」

嗶。

「……………………………………」

妖精用一臉不滿的表情盯著掛斷的手機看，然後才轉向我。

「……征宗，你身上是不是被安裝監聽器？時機也太剛好了吧？」

「這是愛的力量。」

「好啦好啦。啊～～啊，難得的好氣氛都被破壞光了啦。」

氣氛到底哪邊好過了，我真的搞不懂。

妖精從我身邊離開，接著用力伸個懶腰。然後又瞄了我一眼，敷衍地說：

「所以？哥哥大人？有什麼想取材的事情嗎？就是想跟妹妹做的事情。」

我把襯衫的鈕釦重新扣好。

「因為妳的關係，害我只想得到色色的事情啦。」

「色色的事情其實也無所謂唷。」

雖然她講得很輕描淡寫，但臉上卻是害羞到快死掉的表情。

……其實比起直接靠過來，這種表情還比較讓我臉紅心跳。不過我是不會說出口的。

我為了不讓內心的動搖被察覺，冷淡地對她說：

「我有喜歡的人，所以不會去做色色的事情。」

「那是指紗霧吧？你不是說已經被甩了嗎？」

「……就算被甩了，喜歡她這件事是不會那麼簡單就改變的。」

「你對紗霧的心意，不是『兄妹之間的喜歡』這種的嗎？」

「…………………」

「啊，本小姐戳到矛盾點了？」

「不……」

雖然是感到吃驚……但這方面的心意，我已經有在內心整理好了。

「的確，我對紗霧是對一名女孩子的喜歡。」

「現在也是？」

「現在也是。不過幸好……這麼說雖然是有點在逞強……我被甩了，那傢伙似乎有其他喜歡的人……我覺得這是個好機會。所以現在，我希望我們能成為一對正常的兄妹。即使沒有血緣關係……」

「我還是想要擁有家人。」

我重新老實吐露內心話，這個想法應該不是謊言才對。

妖精用觀察的眼神緊盯著我的眼睛看，最後只說：

「是嗎？」

接著她把手指抵在下巴，稍微沉思一陣子後才又開口說：

「本小姐來整理一下。你現在是把紗霧當成一名女孩子在喜歡，因此目前不會跟其他女孩子交往也不會做出色色的行為。然後因為你想要家人，所以希望能跟紗霧成為一對普通的兄妹，我這樣理解ＯＫ嗎？」

「嗯。」

「真的嗎？」

「妳幹嘛用這種『好像不對吧？』的問法，我可沒有說謊喔。」

「這點本小姐知道……真是個微妙的問題呢。雖然知道故事跟現實是不同的……但是講了就輸了，明明知道卻不講最後還是輸，想利用這一點也還是會輸。像某人一樣天然呆保持沒有察覺的狀態雖然是最好的，但已經沒辦法了。這下子該怎麼辦啊……征宗路線的難易度是不是只有本小姐特別高？……感覺好像在玩只要失誤一次就會立刻死掉的遊戲呢，呵呵呵。」

「妳幹嘛喃喃自語些完全聽不懂的話啊，而且還笑出來。」

「如果你講的話真的千真萬確，那事情就簡單了。」

妖精把食指抵在我的鼻子上。

「就請你喜歡上本小姐吧。」

「…………」

「只要你喜歡本小姐更勝過紗霧，那就能如你所願成為一對普通的兄妹了。」

不同於剛才用美人計來猛烈追求，妖精這次改用理論對我進攻。

「為、為什麼會是這樣！」

「你不是經常掛在嘴邊嗎？『哥哥是不會對妹妹抱持戀愛感情的』——沒錯吧。可是現在的你卻不是如此，所以才會煩惱於無法成為一對普通的兄妹。你的煩惱只要藉由喜歡上本小姐就能解決。你『想要跟紗霧成為普通的兄妹』，而本小姐則是『想讓你喜歡上本小姐並且求婚』——為了過著幸福的人生。」

「……………………」

「你不覺得，我們的目的是一致的嗎？」

這是非常有說服力的提案。也許是這樣沒錯——我真的這麼想。

「補充一下，或者說是要追加一個大前提。當你喜歡上本小姐的時候，『你跟本小姐還有紗霧之間的不會發生關係惡化的情況』，這點本小姐非常確定。」
「為、為什麼妳能這麼斷言？」
紗霧說她是把我「當成哥哥在喜歡」。
「我不想要哥哥跟女孩子交往！」這樣的話，她一定會說出口……應該會！如果我真的跟妖精交往的話，她們是不是就會變得尷尬而使關係惡化呢？雖然我也無法斷定絕對會變成這樣。
「那是……」
妖精對於我的疑問……看起來非常慎重地選擇說出口的話語。
「因為那孩子很喜歡你。不管跟誰交往她都不會變得討厭你，最後絕對會支持你──以妹妹的身分……跟你已經覺悟到自己必須支持紗霧的戀情一樣。」
「………………」
不知為何，內心感到一陣刺痛。
「而且……本小姐也很喜歡紗霧呀。雖然說可能會大吵一架，但絕對會和好給你看的。」
……還是會吵架啊。
「總之，包在我身上吧，本小姐會讓你們兄妹獲得幸福的。」
妖精拍拍自己單薄的胸脯。還是老樣子，真是個值得信賴的傢伙。
……明明說要扮演我的妹妹，但這傢伙卻半點也不像妹妹。
妖精像是要掩飾害羞般豎起手指。

「順便說一下，剛才這些是『和泉征宗應該與山田妖精結婚的十個理由』的第一項和第二項。」

「不要整理成好像什麼生活小訣竅一樣啦。」

「這類報導都有因為作者方便才被整理起來的可能性，如果能派上用場是很好，但也不能全部囫圇吞棗地聽信喔。」

「居然自己這麼說。」

「呵呵呵，公平競爭才是通往勝利的捷徑唷。」

這是段混雜著玩笑話，有如愉快閒聊的對話。

不過這裡頭……我覺得似乎也能隱約看見她對別人那纖細的顧慮。

「你應該跟本小姐結婚的理由，雖然很想把全部的項目一個個進行解說。不過如果嘮叨太久，效果就不好了，所以告訴你最重要的理由吧。」

妖精用非常乾脆的語氣，發出早就瞄準好的一擊。

她的臉龐一口氣靠近。

「你也很喜歡本小姐對吧。」

「！那、那是——」

「本小姐像這樣追著你一直說喜歡的行動——其實你也不討厭吧。」

「……………………」

是不討厭，反而還超級臉紅心跳到會高興的地步，從剛才開始——就已經有好幾次差點要暈過去了。

「太好了。如果妳說討厭的話，本小姐可是會哭出來的。」

呼……妖精四肢無力地鬆了口氣。

運用理論的大攻勢結束後，妖精又突然散發出令人想保護她的虛幻感。

毫無小花招的話語，被她使出全力投擲而來。

我就這樣坐著，盡可能遠離她，並且說：

「妳這個人……雖然有超多讓人討厭的地方，也有很多讓人火大的地方。但卻是個好傢伙，也非常可愛又值得信賴……而且感覺就算想殺妳也殺不死……」

我回應她的誠意，說出自己的真心話。

「被妳一直說喜歡，當然會變得喜歡妳呀。」

如果對象不是我，那肯定早就由我告白，並且開始交往了吧。

就跟她宣言的一樣，我會叫她的本名，可能還已經向她求婚了。

如果對象不是我的話。

妖精在坐墊上拘謹地跪坐著。

她手壓著胸口好像喘不過氣一樣，並且低著頭。

「是、是嗎……謝謝。」

「啊、喔……不、不客氣。」

我到底在講些什麼。

「……………………………………」

「……………………………………」

可惡，講話都失常了。明明知道這樣的情勢很糟糕，卻無法抗拒。

「……跟輕小說不同，本小姐覺得在現實世界還耍傲嬌就太天真了。」

妖精已經連耳根都發紅，然後開始說起乍聽之下似乎毫無關係的話。

「想要追求喜歡的人卻因為害羞而不停矇混……然後忍不住開始刁難對方……從跟故事讀者一樣的俯瞰角度去看雖然非常可愛，但這樣一定無法把心意傳達給對方知道。本小姐認為連坦白表達心意都辦不到的人，是無法從戀愛中取勝的。本小姐不打算輸給連使出全力都辦不到的膽小鬼們。」

所以才會認真講出來。

妖精似乎很緊張地挺直背脊。

她直視我，用會令人融化的笑容說：

「征宗，本小姐最喜歡你了。」

這是一記會讓腦袋被貫穿，使身體往後仰的衝擊。

就像是中了致命一擊——的感覺。

但我還是勉強運轉已經煮沸的腦袋，把幾乎要燒毀的意識拉回來。

「為、為什麼……」

好危險！嗚哇啊啊啊啊啊！剛才差一點就完全喜歡上她了！

雖然勉強踩住煞車——但現在還沒有脫離危機。

由於我無法直視妖精的眼睛，於是便低下頭。

「妳為、為什麼會那麼……喜、喜歡我呢？我有對妳……做過什麼嗎？」

我完全搞不懂，為什麼自己會如此受到她喜愛。如果這是輕小說的話，也許就會出現只有讀者才能知道的提示，但這是現實。

「啊……」

妖精用力揪緊胸口。

「……應、應該先講這邊才對呢……就是……」

妖精現在也依舊維持在害羞度ＭＡＸ的狀態，話語中也帶有躊躇。

當然我也是心臟不停激烈跳動著。

「剛見面的那段時期……你……不是說過嗎？」

「剛、剛見面的那段時期？」

當時因為對這位突然出現的勁敵充滿敵對意識……

總覺得就只有不停在吵架而已。

妖精對似乎無法理解的我述說答案：

「你、你想一下啊，就是閱讀本小姐的小說後獲得救贖……這個……」

「啊、嗯……我的確有講過。」

那時老爸跟媽媽都不在了，紗霧也變成家裡蹲，只剩下我們兩人住在一起。

每天都很辛苦、寂寞但也無可奈何的時候。

我……讀了妖精的小說，發出許久不曾有過的笑聲。

明明是超級好笑的劇情，卻讓我流下眼淚，打起精神了。

讓我覺得……自己被輕小說拯救了。

那時候，只是把這份感謝傳達給妖精而已。

「那是……第一次意識到你的契機。」

「就、就因為那種事……」

「要說的話你也一樣啊。也對啦，要形容的話……你只要在簽名會跟讀者聊個天，好感度就會提高到幾乎要變成至交好友的地步吧。」

也是啦。

我面對村征學姊時，真的就是如此。我明明一直單方面地在怨恨她，但得知她真的是我書迷時——就立刻開始喜歡她了。

「從那時候開始，你對本小姐來說就從完全不放在眼裡的雜魚變成稍微有點在意的傢伙。即使如此，一開始還只有『就住在本小姐隔壁的大書迷』這種認知而已……接下來……每次跟你見面、聊天、知道更多你的事情後……就變得越來越在意了。」

「…………………………」

「跟你閒聊瞎扯，狠狠挖苦你，向你炫耀……這些事都好開心。以前本小姐身邊都沒有……像你這樣毫無隔閡的男孩子……哥哥大人……不對，跟哥哥的年紀相差很多……他又是那種個性……是同行又聊得來，而且年紀相近的異性……根、根本不可能不在意嘛！那傢伙正在做些什麼，好想見他一面……之類的……不知不覺間腦袋裡都在想這些！本小姐自己也搞不懂了！」

一位無比可愛的女孩子，為什麼會喜歡上我。

喜歡我哪些地方，有多麼喜歡。

她正泛著淚光，臉龐紅潤到似乎要噴出蒸氣般地述說著。

這是我的人生裡最強烈刺激的場面。

「不過，仔細想想……喜歡上你的瞬間——」

妖精那嬌小美麗的嘴唇緩緩動著。

「是徹底輸給紗霧的那個時候。」

「輸給紗霧……？那是……什麼時候的事情？我是有跟妳一決勝負過就是了——」

我跟妖精以情色漫畫老師為賭注而一決勝負，最後是我獲勝。

以妖精自己承認敗北的方式。

「是那次沒錯。那時候本小姐不是輸給你，而是輸給紗霧了。你仔細想想自己做過的事情吧……」

妖精突然變得兩眼無神，身體也不停顫抖。

「嗚嗚嗚，光是想起來就火大……居然偏偏讓幾乎要喜歡上你的本小姐……讓本小姐……閱讀你寫給妹妹的情書！」

「————」

是那時候那件事……所謂的輸給紗霧……是這樣的意思啊。

「本小姐還以為會死掉！那是什麼鬼！有夠厚一本！還灌注了滿滿的情感進去！那樣絕對不可能贏嘛！這還是本小姐人生裡第一次輸得那麼難看！」

妖精的情緒瞬間爆發，並且還變得很激動。

「那個，該怎麼說……抱歉。」

「沒關係啦！也因為這樣，本小姐才能如此認真！發誓絕對要獲勝——產生幹勁，下次絕對不會再輸了！」

「這是指……對紗霧的對抗心態嗎？」

「這也有一些，不過不對，還有其他更重要的原因。」

妖精明確否定。

「本小姐在那個時候徹底體會到……你真的是非常非常非常非常非常非常非常非常非常非常非常非常非常非常喜歡紗霧呢！你是個在小說裡也很少見，超級專情的傢伙！正因為這樣！」

她喘了口氣。

「本小姐才覺得如果要結婚的話，就要跟你結婚才好。」

就這樣。

——因為你是我的夫婿候補。

一切都跟集訓時那句話連接起來。

「本小姐的父親大人，也是一個這樣的人。他非常非常非常非常非常非常非常非常非常非常非常非常喜歡母親大人，夫婦兩人看起來總是非常幸福。本小姐一直都很羨慕，也一直無法贏過他。父親大人在本小姐贏過他之前就過世了，只在最後——留下希望我們獲得幸福這句話。」

跟我家一樣，妖精的父親也已經不在了。

妖精像是生氣般說：

「本小姐必須獲得幸福才行。」

「我也一樣。」

我點點頭。

我也必須為了已經不在的雙親，為了一直誤會她的姑姑。

為了最重要的妹妹，為了我自己。

所以必須獲得幸福才行。

妖精充滿自信地說：

「為了讓本小姐過著幸福的人生，你是絕對必要的人。只要跟本小姐結婚，也絕對會讓你們兄妹獲得幸福。」

「我也這麼認為。」

「所以，征宗。」

「喜歡上本小姐吧。」

「我拒絕。」

喀噠，妖精發出聲響地站了起來。

「為什麼？」

「因為我有喜歡的人。」

我說出絲毫不改變的回答，並且直視著對方的眼睛。

「唔——」

妖精嘟起下嘴唇，然後瞪著我。

「還以為已經徹底攻陷你了……」

「襪子。」

「什麼？」

「因為我看見襪子了。」

我輕輕抬起單腳。

那是我最喜歡的襪子。

是紗霧送給我的那雙用毛線編織出角色，完全不符合季節的襪子……

我在低頭時剛好看到它。

「我真的非常喜歡妳，也非常討厭妳，還非常尊敬妳，有好幾次都差點愛上妳……能夠受到妳如此地愛慕，雖然真的很光榮……」

「但我有著比妳更喜歡的人。」

「…………」

妖精用一臉不愉快的表情聽著我回答。

「這就是那種情況吧。」

然後似乎不甘心地——緊咬下嘴唇。

「都已經快把最終頭目打死了，對方卻用一招恢復魔法就把血量補滿的心情。」

這句話跟語氣和現場狀況實在太不搭了。

不是啦，那個……難道就不能更……感傷一點嗎？

「人生就是遊戲！」

妖精突然這麼說，然後抬頭挺胸站著，露出一副很了不起的模樣。

「敵人不夠強悍的話，會很無聊的。」

短短幾秒。

才短短幾秒，她就已經能露出笑容了。

「復活得還真快。」

「哼，妳第一次跟本小姐相遇時……也一樣從來沒有想到，自己會變得這麼喜歡本小姐吧？」

「————」

「就是這麼一回事。假設一下吧……明年的這個時候，我們之間的關係會變成怎麼樣呢？」

「誰知道。」

至少，應該會變成跟現在完全不同的關係吧。

就像去年的我們和現在的我們，兩邊的關係可說是完全不同一樣。

「真是期待呢。」

妖精這麼說著。

「是啊。」

而我這麼回答。

「……對了，征宗，你們的《世界妹》現在出到第幾集？」

「啊？我想想……下個月要出第四集。」

「…………哼嗯。這樣的話……你們的夢想，也差不多快實現了吧？」

「是這樣就好了。不過很可惜，這方面什麼都還沒決定喔——再說妳那是什麼『最好不要實現比較好』的講法啊。」

我瞇起眼睛看著她。

於是妖精用非常乾脆的語氣說：

「好，決定了。」

「在和泉兄妹的夢想實現前，本小姐就要分出勝負。」

第四章

六月某日，在出版社。

結束《世界妹》的新刊會議之後，責任編輯神樂坂小姐對我這麼說：

「和泉老師，關於之前請你接下的接龍小說這件事……」

這是跟同出版社的作家們一起進行的合作企畫，要在雜誌上刊載接龍小說。

記得她是上星期左右提起這件事，而我也已經開始執筆。

我難得用游刃有餘的態度回應。

「喔，那個呀。初稿幾乎已經寫好了，等我檢查結束之後就會送過來。」

「不愧是和泉老師，速度還真快呢。那這件事請你就照這樣繼續進行。」

「好的。那個，其他還有什麼事情嗎？」

這樣子會議幾乎就算結束了。

預防萬一稍作確認後，就趕快回到有可愛妹妹等著的家裡吧。

像是要擊碎我內心的期待一樣，神樂坂小姐用沉重的聲音說：

「有一件很重大的案件。」

「是、是什麼？」

從這語氣聽來就知道不會是好消息。

「是關於村征老師的事情。」

千壽村征。

跟我在同一間出版社活躍的招牌作家，是位年紀比我還小的前輩。

她是個很適合穿和服的黑髮美少女。對和泉征宗來說，也是位各方面充滿因緣的對象。

「村征學姊她怎麼了嗎？」

「……再這樣下去，《幻刀》說不定會出不了新刊。」

《幻想妖刀傳》——這是千壽村征的超暢銷系列小說。

「唉，又是寫不出來之類的理由嗎？那個人的話，我覺得放著不要管她，等過一陣子就會自己復活了，反正她也不可能停止寫小說。」

雖然這種說法不太好，但她跟席德不同。

沒有任何同情或擔心的餘地，去同情或擔心她也只是白費力氣。

因為小說是她人生的一切，她就是這樣的人。

「不，也不是那種情況。」

神樂坂小姐搔搔臉頰，揮揮單手。

「村征老師當然有撰寫原稿啊。」

「？那這樣會是什麼問題？」

「她不肯把原稿拿給我。」

「……………………………」

「哈哈哈。」

神樂坂小姐笑了出來。

「哈哈哈。」

我也笑了出來，並笑咪咪地確認。

「是神樂坂小姐不好對吧。」

「你這麼說令我很遺憾，為什麼會如此片面斷定呢？」

「一定是妳做了什麼會讓她生氣的事情吧？像是擅自推動企畫事後才請她答應，或者是隨便捏造村征學姊的訪談報導並且刊載結果被發現，想必是這類的情況吧。」

「我完～～～～～～～～～～～～～～～～～～全沒有任何頭緒耶！」

真的嗎？

「再說，這世界上怎麼可能會有編輯做出那種事情呢？」

當絕對不會接受採訪的村征學姊都有訪談報導出現在這個世界上時，神樂坂小姐的這種說法就已經很可疑了。

不過仔細想想，村征學姊也不可能因為這點程度的小事就生氣。

嗯，這麼一來就真的搞不懂了。

「那麼，我要回去嘍。」

當我站起來時，神樂坂小姐一把抓住我的手。

「有、有什麼事嗎？」

「好嘛好嘛，別急嘛。」

「我想回家啦……而且妳這樣我的手很痛耶。」

「和泉老師你……跟村征老師很要好吧。可以請你幫忙跑一趟，去幫我拿原稿嗎？」

「為什麼是我！」

「村征老師現在有點躲著我——因為已經公布說要發售了，如果沒有那份原稿會很困擾……你也不希望《幻刀》沒有繼續出下去吧？」

「那當然是不希望啊！」

但我很想說，這是妳的工作吧。

「如果對方是她最喜歡的和泉老師，村征老師的態度應該也會軟化吧～」

「唔……」

我的臉頰開始發熱。

那個人的確是我作品的大粉絲，而且似乎也對我懷抱著很強烈的好感。

「那、那跟這件事是兩回……」

「打工費用我會算多一點喔。」

「唔……」

我感到一陣暈眩。雖然最近作品賣得不錯，但有筆臨時收入也很令人感激！

可、可是……

「而且呀——」

「超級暢銷的美少女作家的私生活，你不會感到在意嗎？」

「當然是在意到不行啊！」

學姊平常過著什麼樣的生活，住在什麼樣的家裡頭……

什麼樣的環境才能讓那部小說誕生等等的。

老實說，我超想知道，但總覺得很難開口詢問本人。

「可、可是……」

因為這種不純潔的動機……

神樂坂小姐對搖擺不定的我露出惡魔的微笑。

「這都是為了《幻刀》書迷、村征老師、編輯部……還有輕小說業界的未來！和泉老師，你願意去一趟吧！」

「交給我吧！」

可惡，去就去吧！

然後隔天早上，我立刻前往村征學姊家。

星期天的總武線電車裡，乘客數可說是恰到好處。透過車窗裡照進來的陽光，映在並排坐著的我們身上。

「小村征她家會是什麼樣的地方呢……真是期待。」

說這句話的是紗霧，她正出現在我手機上頭的通訊ＡＰＰ的畫面裡。

雖然也能夠直接通話，但目前正在搭電車所以調成無聲。我跟紗霧雖然是用文字訊息在交談，但還是用剛才那樣簡略化的表現方式給大家觀看。

「是啊……從那種天然呆的模樣看來，應該是住在類似武士宅邸的地方吧。總有這種感覺。」

回應紗霧的是坐在我隔壁的妖精。

跟她說我要去村征學姊家以後，她就說「那好像很有趣！本小姐也要去！」——興致勃勃地跟來。

附帶一提，我們沒有先通知村征學姊。就算打電話到她家也完全沒人接，讓人覺得裝室內電話根本沒意義吧。另外她也沒有手機，所以完全無法聯絡。

至於責任編輯神樂坂小姐，似乎每次都是直接去她家「奪取」（↑她真的這樣講）原稿的樣子，可說是招牌作家才有的待遇。

不過，那個人應該不認為自己是一名作家吧。

我也跟紗霧和妖精一樣，開始妄想些關於「村征學姊家」的各種情況。

「感覺家裡頭會設置陷阱。從玄關踏入用地內的瞬間，箭矢就會咻地射過來這類的。」

「是日式忍者宅邸！這下子更加期待了！」

妖精高興到手舞足蹈。

「我姑且先叮嚀一下在海外出生的妖精老師……這當然只是在開玩笑唷。不管是忍者還是武士，都不存在於現代日本喔。」

「咦〜〜」「咦〜〜」

為什麼連紗霧都感到不滿啊。

「唔，哥哥在小說裡寫的是謊話嗎？」

「我的小說確實是有美少女忍者登場，但那個終究只是虛構的故事啊！」

「日本人不是都擁有特殊技能，即使受到損傷也不會使攻擊力降低嗎？還有就是會狼吞虎嚥地狂吃盛開的櫻花對吧？」

「不要囫圇吞棗地聽信外國遊戲裡頭的錯誤日本觀念啦！」

「這本小姐當然知道啊！」

「因為妳在日本住很久了嘛！」

可惡，竟然捉弄我……

「話雖如此……就算忍者宅邸是開玩笑的，但村征的確給人那種時代錯誤的和風印象呢。」

「是呀。」

「小村征她在家裡到底是什麼樣的感覺呢……？」

「家族成員或是日常生活之類的，都讓人難以想像耶。」

今天說不定可以得知這些事情。光是這麼想，內心就開始興奮起來了。

「總覺得我們這些同行啊，平常總是用筆名互相稱呼，也不知道對方本名，即使感情變好了，我也會躊躇於是不是該聊些更深入的話題耶。」

「的確會有這種情況呢，剛開始都不會說出自己的本名跟私人情報——跟網路上的交流很類似呢。」

「村征學姊也都還沒有把本名告訴我們。」

「呵呵～～本小姐可是有告訴你喔。」

「…………啊、啊啊。」

她露出意義深遠的微笑，害我產生動搖。

——艾蜜莉。當你要對本小姐求婚時，就呼喚這個名字吧。

「…………………」

「…………」

現場突然陷入一股難為情的沉默。

「哥哥。」

「！什、什麼事？」

「回來時，要買些伴手禮喔。」

「喔、喔喔……交給我吧，落花生可以嗎？」

啊，嚇我一跳。不過……為什麼我會嚇一跳啊……

到千葉站換車後，我們在離村征學姊家最近的車站下車。明明距離千葉車站還不到一小時的車程，有如未來都市般的動畫聖地風景已經消失。出現在我們眼前的，是會誘發鄉愁的街景。

轉頭看去，那個小小的車站就像是可愛的老婆婆在對我們微笑一樣。

「山！水田！旱田！哇喔！這就是日本的鄉下呢！」

「妳講得太白了啦！」

這個女人！把我辛苦想出來的委婉描寫全都白費掉了！

紗霧從我手上抱著的平板裡，透過視訊說：

「小村征每個禮拜都從這麼遠的地方跑到東京來玩啊……」

「呼呵呵，那傢伙乾脆直接搬到足立區來好了，反正她很有錢。」

「習慣鄉下清淨空氣的小村征，也許沒辦法在足立區存活下去。」

我們家週邊的空氣，也沒有糟到那種地步吧。

我環視車站前空蕩蕩的圓環。

「好啦，學姊家在哪邊呢？」

「既然都知道地址了，搭計程車過去吧。」

「我說妖精啊，妳也差不多算是半個家裡蹲了，趁這種機會走點路吧。」

「咦～～」

「沒錯。小妖精，對家裡蹲來說運動是很重要的喔。」

「紗霧！妳躲在房間裡講這什麼自以為是的話……」

「好啦，往這邊，快走吧。」

我們一邊吵吵鬧鬧地聊天，同時離開安靜的站前。

「征宗！征宗！那個是什麼！有個好古怪像是飲水機的東西耶！」

「喔，那是自噴井。」

「水井！喔喔，也有像那種形狀的水井呀。」

走在有些許和式風格的街道上就看見自家附近不曾見過的風景，讓人微微有種穿越時空的感覺。

就這樣走了二十分鐘後，連小規模的地標都看不見了。

這是被自然給包圍，十分單調的鄉間風景。

蟲鳴聲非常響亮。
這樣的地方，就是她居住的家。

「梅園」

木製的門牌，刻著這樣的家名。
妖精講得非常貼切，這是一棟武士宅邸。
柳樹從圍牆中延伸而出，影子從我們上頭落到道路上。
「看吧征宗！紗霧！果然是忍者宅邸呀！村征生氣時所散發出的那股殺氣，就是身為女忍者才會如此強烈！」
「不是啦，這與其說是忍者宅邸……不如說更像是……」
「像是大文豪的家？」
紗霧接在我後頭說著，我朝向平板點點頭。
「沒錯沒錯，就是那種感覺。」
有如深褐色古老照片的異世界感。
彷彿從五十年前剪下和貼上的空間，靜靜矗立在我們面前。
「不管怎麼說，都很符合那傢伙的形象呢！」

「真的。哇喔～如果在這個房子裡寫小說，感覺我也能成為文豪。」

「那是錯覺。」

妹妹率直的一句話刺進我的胸口。

妖精興高采烈地往木造的門走去，然後轉頭叫我：

「征宗！這棟房子沒有電鈴耶！」

「真的嗎？」

啊，是真的。沒有電鈴……該怎麼說……還真是徹底耶～

「……要怎麼辦？」

紗霧這麼問，而我也想講相同的話。

沒有電鈴的家，跟怎麼把家裡的人叫出來呢？

當我凝神看著房門時，妖精已經毫不客氣地開始咚咚咚地敲門。

接著放聲大喊：

「打擾～～～～～～～～～～啦！」

「喂、喂喂，妳這人……！」

「幹嘛？這樣叫裡頭的人不就好了嗎？」

「我想是這樣沒錯，但這台詞不對吧！應該要講其他的吧！」

「那這樣如何？小～～村～～征！出～～來～～玩～～吧！」

感覺好像更加惡化了……！

我的制止也沒有發揮太大效果，妖精不停地敲門並且大聲呼喊。

也許是忍受不住了，不久後大門沉沉地開啟。

走出來的人——

「……請問是哪位？」

是位身材細瘦的和服男性。

他那有著深沉皺紋的容貌，讓人難以判別年齡。跟某人很相似的銳利眼神，低頭看著我們。

「…………！」

我一瞬間被這氣勢壓迫，因而後退了幾步。可是開口跟這位超硬派又有夠恐怖的大叔講話的責任，應該由年長又是男性的我負責。

「那個，我叫和泉征宗。我們是千壽村征老師的同行——」

這句話沒辦法講到最後。

「回去。」

因為大門突然被用力關上了。

「咦咦咦咦咦！」

什、什麼～～？剛才這是……

「等、等一下！你幹嘛關門啊！快給本小姐打開！」

代替傻住站著的我，妖精再度開始敲響門扉。

於是大門再度開啟。

「我不會讓出版業相關人士跟我女兒見面。」

接著又立刻關閉。

「…………………」

「…………………」

「…………………」

我們三人（包括紗霧）只能互相看著對方陷入沉默。

這就是所謂的無所適從吧。

喂喂……神樂坂小姐啊，真虧妳能來這個家裡拿到原稿。

明明好像只要是出版業相關人士就會二話不說地吃閉門羹，妳到底是怎麼辦到的？

那個人其實很厲害嗎？

「他說女兒，所以剛剛的人是小村征的父親嗎？」

紗霧從平板裡說著。

「……大概吧。」

「這麼說來很像呢。」

像是容貌或氣氛這些部分。

如果村征學姊是男性，再把年齡加個幾十歲應該就是那樣的感覺吧。

「或者說，總覺得好像在哪邊看過。」

「是哥哥認識的人？」

「不……那麼恐怖的大叔…………我想應該……不認識才對。」

到底是在哪邊見過呢……？

「這件事先放一邊。」

我看著妖精跟紗霧回到主題上。

「對方都叫我們『回去』了，現在該怎麼辦？」

「難得都來了，總不可能沒見到村征就回去吧。」

「話雖如此……但是他看起來是不會再開門了喔。」

「那就偷溜進去吧！」

妖精立刻這麼說。

「這是潛入任務！跨越忍者宅邸的重重陷阱，把公主搶走吧！」

「……妳只是覺得很有趣而已吧，給我認真想啦。」

「本小姐可是很認真的喔。」

不要給我歪著頭裝可愛！

「……稍微等一下。我問問看神樂坂小姐，看她平常是怎麼進去的。」

我用手機寄了封電子郵件給神樂坂小姐。

用的是「【恐怖父親】關於要從堅不可摧的村征城奪取原稿的方法【超硬派】」這種標題。

大概十秒左右就回信了，這個人還是一樣只有回信的速度特別快。

而內容到底是——

「征宗，你的責任編輯怎麼說？」

「我正在看，等一下。呃，她寫什麼……『辛苦您了，我是神樂坂。關於您詢問的事情，在房屋東側有顆很適合的樹，請您使用它。還請多關照。』」

「……………………………………」

真是爛透了。

「最好是『請多關照』啦！居然講得很理所當然一樣！這個人的主意根本就跟妖精同等級嘛！」

「本小姐都不知道耶，原來編輯是個需要忍者技能的職業呀！說起來『菖蒲』這個名字，還真有種女忍者的感覺呢！」

「……嚴格說的話，這應該是盜賊的技能吧？」

紗霧在平板裡說著。

我把平板抱在胸口。

「這個嘛，的確是個需要各種技能的工作呢。」

「呵呼呼，聽說還有編輯為了追捕逃亡的作家，得像偵探般進行調查。然後追到對方的旅行地點拉斯維加斯，叫那個作家撰寫原稿喔，真的很恐怖耶。」

「都是些只想慰勞他們辛苦的案件呢。」

「跟逃亡到海外的作家比起來，還是強迫責任編輯一起玩魔物獵人的輕小說作家要來得可愛多了。」

「妳竟然叫克里斯大哥做那種事情喔！」

「為什麼你一瞬間就能看穿這是在講本小姐……沒、沒辦法呀，本小姐已經下定決心。在紫毒姬裝備完成前絕對不會工作的。」

「妳不是說動畫化的工作太忙，最近都沒時間玩遊戲嗎！」

「那是昨天的事情。」

「妳現在立刻給我回去工作！」

「在這種半途而廢的情況下回去那可能有心情工作啊！」

她真的完全不感到羞愧。

「而、且、呀！」

妖精擺出耐人尋味的姿勢回頭看我。

「讓征宗一個人留下……各方面都很讓人不放心。」

「各方面是什麼意思啦。村征學姊的父親的確是強敵，但我可不打算沒見到學姊就回去喔。」

「不～是說那～～個啦～～」

妖精露出這傢伙什麼都不懂的表情嘲笑我。

接著她探頭窺視我胸口的平板（紗霧的臉）說：

「「對吧。」」

唔……居然搞只有女孩子才懂的那一套。

我好像一個人被放著不管一樣，感覺真差。

「咳咳。」

我清咳一聲回到主題上。

「所以該怎麼辦？狀況完全沒有改善啊——」

「咦？不是要這樣嗎？」

妖精像在模仿忍者般，開始結起好像會出現在火●忍者的忍術手印。

「……………………所以就說那樣不行嘛。」

我洩氣地垂下肩膀。

非法入侵很糟糕吧。

如果還叫警察來的話，那可不是開玩笑的。

最後我們還是只能去神樂坂小姐說的「房屋東側」看看。結果那邊的圍牆旁邊，真的有顆很適合的樹木。

而且還很細心地擺了個墊腳用的空啤酒箱。

「……喂喂，真的假的，那不是神樂坂小姐在開玩笑喔。」

「那個女人果然是盜賊，今後就稱呼她貓眼菖蒲好了。」

明明是海外出生的十幾歲小孩，真虧妳能喊出這個名字。

她被日本文化影響得太嚴重了吧。

「很好！那馬上入侵進去吧！」

妖精挽起袖子，緩緩走向樹木。

我抓住她那纖瘦的肩膀阻止她。

「給我等一下。」

「幹嘛？想阻止本小姐是沒用的喔。」

「似乎是這樣，讓我去吧，幫我拿好行李站遠一點。」

「哥、哥哥，你真的要去嗎？」

紗霧從我向妖精遞出的平板裡這麼說。

我「嗯」了一聲點點頭，可是妖精卻說「不行。」不肯接下我的行李。

「讓本小姐去。這樣萬一被發現時，超可愛的本小姐被原諒的機會比較高。」

年齡上也是這樣沒錯。

「話說，妳打算用這身打扮去爬樹嗎？」

「啊……」

妖精穿著平常那身充滿荷葉邊的服裝，實在不適合入侵民宅。

「對吧。」

「……………………………………唔。」

妖精一臉難為地思考著，不久後「唉」地嘆口氣放棄。

「如果被恐怖的大叔抓到，要說是被貓眼菖蒲逼迫的喔。」

好啦好啦。

——話雖如此，但其實我並沒有打算要真的入侵進去。

如果放著不管，感覺妖精真的會做出讓人笑不出來的事情，所以我才決定代替她去爬樹。

上去稍微偷瞄一下圍牆裡頭，然後就立刻下來，接著再來想別的方法。

我是這麼想的。

「嘿……咻……」

我用空啤酒箱墊腳，姿勢笨拙地爬到樹上。

接著跨坐到延伸至屋敷內側的粗大樹枝上。

「征宗～～你沒事吧～～～？」

妖精從下方叫我。

「噓——我沒事，安靜點。如果被那超恐怖的父親大人發現要怎麼辦啊？」

看到妖精驚覺地捂住嘴巴後，我重新看向圍牆裡頭。

首先看見的是有添水竹筒的池塘，景觀石跟草木也配置得十分美麗。

然後能眺望庭院的走廊邊，有一名少女坐在那裡。

「…………呼唔……啊…………」

她伸了個很可愛的懶腰。

「嗯～～～～～～～～」

黑髮美少女用力伸展雙手。

她穿著藍色魚類圖案的睡衣，豐滿的胸口幾乎要把衣服撐破了。

「————咕嘟。」

我之所以忍不住嚥下口水，絕對不是因為有非分之想！

而是由於這跟「平常冷靜的她」之間落差太大了。

沒錯。現在眼前這位剛睡醒，展露出毫無防備姿態的就是千壽村征學姊。

怎、怎麼辦……一下子就找到學姊了……

該出聲叫她嗎……？可、可是……在這種狀況下？

我會不會被當成偷窺犯啊？那樣有辯解的餘地嗎？

正當我在猶豫時，時間也無情地流逝。

「呼……想睡……好想睡……可是，該起來了。」

平常絕對無法看見，展現出懶散模樣的村征學姊依舊持續出現在我眼前。

「嗯～～」

啪，她拍拍自己的臉頰。

然後用令人難以置信的嬌柔聲音說：

「把拔～～～～～～～～～～」

把拔！

等等，學、學姊！剛才是喊把拔嗎！

我感受到一股難以名狀的戰慄感，只能僵硬在原地。

「把拔，早餐還沒好嗎～～～～～～～？」

化為學姊身形的黑髮少女所發出的嬌柔聲音，這時有人出聲回應。

那是非常耳熟的男中音。

「馬上就好了喔～～♡」

如果這是漫畫的話，我的頭上就會浮現「！」的符號吧。

村、村征學姊的父親！明明是那樣超硬派的臉龐！

卻在語尾！加上愛心符號……！

「……唔！……唔！」

我在快從樹枝上摔落的狀況下，繼續聽著親子間的對話。

似乎是村征學姊的少女，對看不見身影的父親大人說：

「把拔，剛才外頭好吵，有誰來過嗎？」

「是宗教來勸人入教喔～～把拔很帥氣地把他們趕跑了！」

喂！

如果這是漫畫的話，我的太陽穴附近就會浮現「＃」的符號吧。

這時又聽見村征學姊父親的聲音。

「小花，早餐已經好了，妳快去換衣服吧。」

「好～～」

被稱為小花的少女乖巧地回應後，就走進旁邊的房間。

然後就在房間前面開始把摺好的衣服攤開。

那邊就是她的房間吧——不對，這樣很糟糕吧！

這樣下去小花就會開始換衣服……以角度來說就會被我看見啦！

那邊那個很像是村征學姊的女孩子！妳也太沒防備了吧！拉門！要把拉門關上啊！

「哇啊……糟糕……糟糕，這樣子很糟糕啊～～～」

嘎吱，嘎吱嘎吱。

我在樹枝上陷入極度動搖，兩眼也炯炯有神地瞪大。由於身體晃動讓樹枝也不停搖擺，妖精看到我這樣很擔心地出聲詢問：

「征、征宗，你怎麼了嗎？」

「噓！安靜點！沒有任何事發生！不要說話！」

萬一在這種時候被發現，可就真的無法辯解了吧！

「是、是嗎？……你的表情好像很認真，到底是看見什麼了呢？」

「……這我不能說，妖精跟紗霧還是不要知道比較好。」

我用極為嚴肅的聲音說話，同時把視線轉回去以後——

「啊。」

就跟更衣中的少女，徹底地四目相交。

「…………………………………………」

她正好把手指擺到胸口的鈕釦上頭。那絕對禁止觀看的事物，現在也像是快要跑出來一樣。

那是有如夢境般的光景。

「………………」

「………………」

也是有如地獄般的數秒。

當額頭流下的冷汗，滴落到我手上的瞬間。

「為……為……為……」

她似乎終於注意這個狀況了

「為、為……什麼，你會在這裡！」

轟隆～～～～她一瞬間變得滿臉通紅。

「不、不要看啊啊啊啊啊啊！」

村征學姊用力丟出的枕頭，完美地命中我的臉。

然後——

「事、事、事情經過……我已經明白了！」

十幾分鐘過後。經過幾番波折後，我們總算前往「梅園邸」的會客室，請憤怒的村征學姊聽

我們辯解。

我們來到這裡的經過，然後之所以爬上樹木的理由都向她說明了。

當然，來拿《幻想妖刀傳》原稿這件事也跟她說了——不過這件事要進入正題得再過一陣子，請大家稍等一下別著急。

村征學姊已經不像剛才那樣穿著睡衣，而是換上平常穿的和服。

這間鋪著榻榻米的寬廣房間，我跟村征學姊中間隔了張和風的矮桌，兩人面對面坐在坐墊上形成對峙的局面，妖精則坐在我隔壁。

學姊的父親不在這裡。他當然是露出那嚴厲的表情想要一起在場，但是村征學姊說句「把拔你到那邊去！」以後，就被推著背部趕出去。

看來他果然是位拿女兒沒辦法的人。

「唔唔——嗚嗚……」

村征學姊抱頭呻吟，臉龐依舊還是很紅。

「事情我明白了……真、真受不了……你們幾個……我都不知道到底該從哪邊開始抱怨才好了！」

「總、總而言之！我不是為了偷看學姊換衣服，才特地遠征到千葉縣這一點，應該已經毫無疑問地傳達給妳知道了！」

「不、不要讓我回想起來！」

村征學姊就這樣保持跪坐的姿勢，用雙手遮住臉孔。

妖精以冷淡的眼神低聲說：

「……好，我們現在回想一下征宗爬上樹木時說的話——『噓！安靜點！沒有任何事發生！不要說話！』」

「不要做出會引來誤會的言行好嗎！」

「征、征宗學弟！」

「不是這樣的！學姊你聽我解釋！我、我只是陷入動搖而已！絕對不是從學姊開始換衣服時就緊盯著看……」

「嗚嗚…………快、快忘掉這件事吧……真是……」

「…………………哥哥，差勁。」

「啊～～把女孩子弄哭了～～你這樣不行啦～～」

「唔…………」

被三個女孩子（其中一名是平板）責備，我才想哭啊。

「對、對不起。」

我離開坐墊，重新深深一鞠躬向她道歉。

「不、不……我也太粗心大意了……而且我也沒在生氣，所以你不用道歉。只、只不過……這真的很丟臉…………都快羞死了。」

學姊就這樣捂著臉，似乎很羞愧地搖頭。

我覺得這個人最有魅力的模樣，就是像這樣感到害羞的時候。

明明是這種情況，我卻感到臉紅心跳。

「……啊啊，可惡……我到底在幹嘛。」

也許是看到我消沉的模樣而感到滿足，妖精和紗霧把目標移向村征學姊身上。

「喂喂，小村征啊小村征。」

「我們之間似乎都累積了許多想講的事情呢。」

「總而言之，可以先讓我們吐嘈一件事情嗎？」

「……什、什麼？」

兩人異口同聲地向村征學姊吐嘈。

「「把拔是什麼？」」

「呀嗚！」

村征學姊發出可愛的慘叫，同時上半身也一起後仰。

雙眼也像漫畫般變成><的形狀。

接著她端正姿勢，繃起臉孔讓嘴巴噘成ㄟ字型，同時陷入沉默。

「……………………………………………………」

就像走投無路的犯人一樣，冷汗不斷流下。

「………………………………………………………………………………」

接下來經過大概一分鐘的沉默，她開口這麼說：

「哎呀，妳們在說什麼呢？」

「這種狀況下妳還打算裝傻嗎！」

由於實在太厚臉皮，連妖精都嚇破膽了。

連我也臉頰抽搐地說：

「學、學姊……再怎麼說，這樣裝傻也太勉強了。」

「嗯……你們到底在說些什麼呢？我完全聽不懂耶。」

「『把拔你出去！之後我再跟你解釋！你先出去啦！』」

妖精把學姊剛才講的話，連同聲音都一起模仿一次。

「本小姐可是親耳聽見的耶！」

「那是幻聽。」

「我也有看到喔。學姊穿著可愛的睡衣，說著『把拔，早餐還沒好嗎～～～～～～～～～～～～？』這樣的話。」

「那是幻術！」

學姊講出像是戰鬥漫畫末期的台詞想要矇混。

「唔，這樣子根本沒完沒了……既然如此……」

感到惱怒的妖精把單手彎成擴音器的形狀，對著關上的日式隔扇大喊：

「把拔！稍微來一下～～～～～～～～～！」

喂，妳這……！

我嚇到眼睛都快飛出來了，同時還發出不成話語的哀號。

同時間，日式隔扇被打開——

「叫我嗎？」

……真、真的來了。

而且村征學姊的父親出現時，露出跟剛才一樣極度硬派的表情……但身上卻穿著可愛的小熊圖案圍裙。

真是超現實的景象。

最先對這種狀況產生反應的是學姊，她猛力地站起來。

「把——爸爸！你、你為什麼要跑進來！」

「呃……因為有人叫我啊，就是那邊的女孩。」

「是的，是本小姐叫你的。」

妖精很有朝氣地舉起手回應，接著非常開心地詢問說：

「本小姐有問題想問村征爸爸！你的女兒在家裡都是怎麼叫你的呢！」

「叫我把拔啊。」

「哇啊！哇啊啊——！」

村征學姊無比慌張地衝進她父親跟妖精之間，不斷揮舞雙手想把答案消除掉。

雖然完全沒用。

「妳看，果然就是叫把拔嘛。」

「就、就只有在家的時候會叫！不行嗎！」

「沒什麼不行啊，不就是妳自己覺得丟臉而已嗎？」

「沒錯沒錯，這樣反而很可愛。雖然妳給人會叫『父親』的印象，但這樣叫比較好。」

紗霧也點點頭。

當然這兩人的意見，完全無法給村征學姊任何慰藉。

「嗚嗚嗚……」

她再度用雙手遮住臉龐，整個人蹲下去。

妖精這時又無情地進行追擊。

「好，那第二個問題！」

「還有嗎！」

學姊猛力抬起頭，妖精也抬頭看著村征學姊的父親問：

「那個呀，這個家裡總是爸爸你在煮飯嗎？」

「嗯，是這樣沒錯。」

「只、只有星期天而已！平日有幫傭，而且我偶爾也會做！並不是一直都給把……爸爸一個人作飯啊！」

所以剛才敲門的時候，才會是屋主出來啊。

「征宗學弟，相信我！」

「喔、喔……我相信妳！我相信就是了！」

所以不要掐我脖子！而且為什麼是對我說！

當我快被村征學姊絞殺時，村征學姊的父親用冰冷的眼神瞪視這種情況說：

「……由於女兒的請求，所以我要回去了。不過在那之前請告訴我，你們……跟我女兒是什麼關係？」

即使穿得可愛，從男中音裡頭釋放出來的壓力可完全沒變。

我惶恐不安地回答：

「就、就如同剛才所言的一樣，我們是千壽村征老師的同行——」

「我不是在問這個，我已經知道你們是出版業相關人士了。」

「咦？那個……？」

「是指我們的關係有多密切的意思吧！」

妖精立刻察覺並這麼說，她嘻皮笑臉地把手勾搭在村征學姊肩膀上。

「是知心好友喔！知心好友！對吧，小村征！」

「…………………哎，是朋友沒錯……姑且算是……」

村征學姊很不情願地瞇起眼睛。

接下來紗霧也小聲地說：「……是朋友。」

「……這樣啊。」

村征學姊的父親嚴肅地點點頭，接著緊盯著我。

「你呢？」

「…………………」

如果回答錯誤的話，我是不是會死掉啊？

這該不會就是冒險遊戲裡所謂的「當場死亡選項」啊？

唔……該怎麼回答才好？說、說得也是……普通點，普通地說是「朋友」就好！

我深呼吸一口氣，然後——

——在我回答之前，村征學姊就替我回答了。

「他是和泉征宗老師。對我而言，是尊敬的作家也是最愛的人。」

喂！

「————————」

村征學姊的父親瞪大雙眼僵在原地，妖精跟紗霧更進一步追擊。

「順帶一提，他是本小姐的男朋友喔！」

「……不過他說最喜歡的人是我。」

妳、妳們幾個！竟然給我用這種會產生危險誤解的講法！

這樣子無論如何聽起來都是個腳踏三條船的混蛋啊！要是我是為人父親，就會把這種傢伙剁成碎片啊！

「剛、剛才這是誤會！」

雖然我慌忙進行辯解，但村征學姊又說了句多餘的話。

「我一直想著，總有一天要把他介紹給爸爸認識。」

退路被截斷了啊！

「…………………………」

村征學姊的父親交互看著我跟自己的女兒，停了一拍才說：

「是哪邊誤會了？」

「全部！全部都是！」

雖然說除了妖精以外的其他人都沒有說謊！但這種講法太糟糕了！

而且村征學姊的情況跟妖精不同，她很天然呆地講出來這點反而更糟。

「是嗎……這樣我就明白了。」

呼……

經過一番辯解，看來總算是解開村征學姊父親的誤會了。

他嚴肅地點點頭，並瞇起眼睛低頭看著我。

「……我來展示一下自己的刀劍收藏給你看看吧。」

「我心領了！」

撤回前言！誤會根本半點都沒有解開！

「哎呀，不用客氣，只是跟真刀沒兩樣的模造刀喔。」

「那不就是真刀嗎！」

「開玩笑的。」

這怎麼看都絕對不是在開玩笑，跟他的女兒完全一模一樣。

會把聽起來只像在開玩笑的台詞，用認真的表情說出來。

他不滿地發出「哼」之後，說著：「對了……」改變話題。

「你們已經吃過早餐了嗎？」

「啊，是的。」

「我們在出發前吃過了。」

「我們兩個還沒有吃，假日總是比較晚吃。雖然對客人們很不好意思，但請各位暫時在客房等待一下吧。」

「我明白了。」

難得做好的早餐是會冷掉的。

神樂坂小姐拜託的《幻想妖刀傳》原稿這件事，就等學姊回來以後再說吧。妖精跟紗霧也和我一樣點點頭。

「那麼小花，我們去用餐吧。」

「是的，爸爸……那麼，抱歉我先離席一下。等等馬上就會回來，這段時間請你們看看這裡的書等待吧。」

村征學姊的視線前方有一整排高級的木製書架，擺在裡頭的都是些精裝版的小說。

「啊，等一下！村征，妳是叫……小花嗎？」

「咦，嗯……那個，就是……」

學姊有點猶豫地低下頭，然後看著我們所有人說：

「我的本名是……梅園花……再次請大家多多指教。」

千壽村征，本名梅園花。

這真是個令人害羞的自我介紹。

我們在梅園邸的客房裡，等待村征學姊用餐完畢。

「呼～～～緊張死了～～」

總算從壓力中解放的我，把腳從坐墊上伸展出去。

「啊——好恐怖，還以為死定了……」

「呼呵呵，不用被斬殺真是太好了呢。」

「不要開那種玩笑好嗎！」

因為那對父女的外觀，跟刀劍實在太相配了！

映在平板電腦裡的紗霧，從矮桌上小聲說：

「是叫做……小花呢。」

「嗯，她終於把本名告訴我們了。」

「跟本小姐預測的一樣，是很可愛的名字。」

「是啊……以後要怎麼稱呼那個人才好呢。」

「當然是叫她小花啦！這樣叫的話，那傢伙絕對會害羞！」

「別這樣啦，很可憐耶！」

「咦～～？」

不只侷限於我們這些同行之間，被不是使用本名——也就是筆名或網路暱稱——來往的夥伴知道自己的本名，會讓人感到相當害羞。

不過像我的筆名幾乎就是本名，所以這種感覺就很薄弱。

妖精像是要轉換話題般，用沉穩的聲音說了聲：「那個呀……」

「征宗、紗霧，本小姐……好像……想起了一件很重要的事情。」

「嗯？」

「什麼事？」

「………你們仔細看一下那個書架。」

妖精指著並排在牆面的書櫃。

「有沒有發現到什麼？」

「發現到什麼……是嗎？」

會是什麼呢？看起來沒有什麼奇怪的地方呀。

「……哥哥，關於我從桌子上這個角度什麼都看不到的這件事。」

「好啦好啦。」

我抱起映出紗霧的平板，走向書架邊。

「嗯唔……？」

「「啊。」」

我跟紗霧同時注意到了。

我們注視的，是並列在書架上的精裝版小說上頭的「作者名稱」。

這些小說全部都是由相同作家撰寫的。

書背上寫著「梅園麟太郎」。

「這不是時代小說的大師嗎！咦？梅園……咦？難道說……」

「應該就是……這麼一回事吧。」

妖精不知不覺間走到我們身邊。

胸口傳來紗霧的聲音。

「哥哥，小妖精……我試著從網路搜尋照片……你們看這個。」

紗霧從把搜尋結果映在平板的畫面上。

「啊！果然沒錯！」「我就想說是在哪邊見過——」

妖精跟我都發出驚嘆聲。

映在畫面上的，是作家「梅園麟太郎」的照片。

雖然比現在年輕許多，但只穿輕便和服有如浪人般的打扮，跟我們遇見的村征學姊的父親一模一樣。

「呃，也就是說——超人氣輕小說作家『千壽村征』是時代小說大師『梅園麟太郎』的女兒吧。」

「哎呀，父女都是作家呢。」

妖精簡短地整合重點。

「喔～～～～這真是讓人驚訝。」

我拿起精裝版的時代小說，兩眼不停眨動。

「哥哥，你有閱讀過嗎？」

「有喔。雖然是位寫過各種作品的人，但他的劍豪小說跟捕物帳推理小說每一本都是超有名的作品——」

我簡單地向紗霧解說梅園麟太郎這位作家。

雖說也許該從何謂時代小說這個部分開始說明，但那樣會太冗長所以只好割愛了。

「——總之就是這種感覺，現在也固定會發表新作品喔。」

「哦，是很厲害的人嗎？」

「非常厲害。」

雖然輕小說跟時代小說無法單純拿來比較——但即使跟那位「千壽村征」相比也絕對不會輸。梅園麟太郎是位暢銷到不行，也有名到不行的大作家。

「呼耶……好看嗎？」

「很無聊喔。」

這並不是我。而是有道不高興的聲音，回答紗霧這個若無其事的詢問。

「村征學姊。」

「不好意思，讓你們久等了。」

她打開日式隔扇走進來停在我身旁，視線落在精裝本的封面上。

比平常更加聰明伶俐的眼神，貫穿厚重的書本。

「爸爸寫的書很無聊，至少對我而言是這樣。」

「…………」

的確如此，她是因為幾乎找不到自己覺得有趣的書——所以才自己親手開始寫起小說。

「我還是更加熱愛征宗學弟寫的小說。」

這、這個人又來了……一臉認真地講這種會激盪內心的話……！

這樣會讓我高興到嘴角上揚啊。

「……雖然這真的讓我感到光榮……………………但這句話可千萬不要說給妳的父親大人聽喔。」

「我已經說過了。」

「所以那個人才會對我這麼嚴苛嗎！」

「原來如此，一開始會趕我們走，是因為有哥哥在的緣故吧。」

「……唔，很合乎情理……」

回頭想想，第一次跟村征學姊父親見面時那種來勢洶洶的感覺很異常。

但村征學姊搖搖頭。

「不，不是這樣的。這跟我對書籍的喜好無關，爸爸他不想要讓我跟出版業的相關人士見面。」

「那又是為什麼呢？」

「他似乎不希望讓我成為小說家。」

「妳不是已經當上了嗎？」

「我自己是沒有打算要從事這個職業……」

由於執筆的小說已經當成書籍販售了，所以實際上已經在從事這個職業了呢。

「父親對於我太過專注於小說執筆這件事，好像感到非常擔心。」

「「啊——」」

除了村征學姊以外的所有人，都發出恍然大悟的聲音。

「妳那種把所有人生都獻給小說的執筆風格，從家族的角度看來是很為妳捏一把汗呢。」

「現在已經很令人擔心了，妳父親當然也不希望會讓妳更加沉迷的要素繼續增加吧。所以才不想讓出版業相關人士跟妳見面。」

「這樣啊……對小村征來說，哥哥在個方面上都算是『害蟲』呢。」

不要用這種講法啦！那樣不就變成我才是一切的元凶了嗎！

「想想梅園家明明是這種家庭環境，真虧神樂坂小姐可以讓村征學姊出道耶。」

她是怎麼說服那位父親的呀？

「當時爸爸他也還沒有那麼囉唆。」

「想必是還沒有理解村征那種極端的執筆方式吧。」

「或許是這樣沒錯。而且，呃……神樂……坂小姐……」

喂，妳剛才有一瞬間把名字忘掉了對吧？

「那個人……對爸爸來說，好像是恩人的女兒。」

「咦，真的假的？」

「嗯……也因為這樣，父親對那個人很寬容。」

「原來如此！感覺許多細微的疑問，都瞬間解開了！」

像是偷溜進恐怖大作家的宅邸裡好幾次，卻都不會被譴責的理由。

「如果是其他人來當責任編輯，現在應該已經被爸爸斬殺了吧。」

這種看起來不是在開玩笑的部分真的很可怕。

「哼嗯，既然有這種內情的話，『我們來找妳的理由』對村征爸爸來說也不是什麼有趣的事情呢。」

「理由？」

村征學姊疑惑地歪著頭。

「剛才也說過了，我們是受託來拿《幻想妖刀傳》的原稿。」

「啊，那件事啊。」

學姊聽完鼓起臉頰。

「沒錯，我們可不是跑來玩的唷。」

「不，妖精妳就是說『好像很有趣』才跟過來的不是嗎？」

「呵呵，是這樣的嗎？不過先不管這個了，讓我們進入主題吧。」

妖精用手指著村征學姊的鼻頭。

「妳為什麼不把原稿交給編輯部呢？」

「因為我在生氣。」

看來果然是神樂坂小姐不好。

妖精更進一步詢問：

「理由是？」

「……………………因為我被排擠了。」

村征學姊小聲說著。

「被排擠？」

「……就是刊載在雜誌上的……………………接龍小說的預告。」

「接龍小說？」

我重複她說的話後，在腦袋裡進行搜尋。

「那個……該不會是……我這次要刊載在雜誌上的……那個多位作家的合作企畫？」

「沒錯。」

是前幾天開會時，跟神樂坂小姐講到的事情。

「那個啊，學姊當然不會參加吧。」

「……嗯，看到雜誌的預告之前，我連有這企畫存在都不知道。」

說得也是。神樂坂小姐根本不會特地告訴她，學姊應該也沒興趣吧。

既然這樣，她是在意些什麼呢？

「那個合作企畫怎麼了嗎？」

當我這麼一問，村征學姊就這樣像在發牢騷地說：

「……………………很討厭。」

「妳說討厭是指什麼？」

「全部。」

這樣子我們不會知道啦。

「麻煩妳講更清楚點。」

「我討厭征宗學弟參加接龍小說這種企畫。我不喜歡征宗學弟都參加合作企畫了，可是卻沒有找我一起參加。再說我最討厭接龍小說了，我絕對不想要參加，其他所有的合作企畫也都一樣。」

這是什麼麻煩到極點的理論！

「啊，果然征宗才是元凶嘛。」

妖精恍然大悟地用拳頭輕敲手掌。

「什麼叫做果然啦。」

「因為會讓阿花這樣動怒的人，頂多也就只有征宗了吧。」

「不、不要叫我阿花！」

村征學姊激烈反駁到聲音都變得很粗魯。

看吧，除了「和泉征宗」相關的事情以外，還是有別的事情會動怒嘛。

「也就是這麼一回事吧。」

妖精邊轉動手指邊敘述重點。

「村征之所以不交出寫好的新刊原稿，是因為對編輯部感到憤怒。」

「憤怒的理由，是因為和泉征宗跑去參加多位作家合作企畫的接龍小說。」

「由於是最喜歡的征宗老師所參加的合作企畫，所以對自己沒被邀請感到不爽。」

「再說不管是合作企畫還是接龍小說，村征都非常討厭。」

「平常的話因為沒興趣，所以也絕對不會參加。」

「嗯，大致上是這樣沒錯。」

「好不講理。」

紗霧用愕然的聲音幫大家講出內心的意見。

村征學姊不停眨著眼睛。

「咦？會不講理嗎？」

「很不講理啊！」

跟我預料的比起來，神樂坂小姐根本沒做錯什麼事情啊！

明明自己不想參加，可是沒被邀請的話卻又要生氣，這樣要人家怎麼辦才好啊。

「再說合作企畫或是接龍小說到底是哪邊讓妳如此厭惡啊！」

那不是很愉快嗎！跟大家一起寫小說也是！

聽到我的疑問，讓村征學姊像是問「什麼？」般皺起眉頭。

「小說是自己一個人寫的東西吧。就算大家一起寫，寫出來的也只會是垃圾而已。」

「妳怎麼能這樣斷言啊！」

學姊，妳的意見會不會太尖銳了一點。

「當然可以，為什麼要特地跟會礙手礙腳的傢伙們一起創作作品呢？比起大家一起創作出來的作品，我自己一個人寫的小說遠比他們有趣許多。」

真是不得了的自信。

雖然感到有些不滿，但由這個人說出來就很有說服力。

「聽好了，征宗學弟。創作這種事情，每當參與的人數增加需要做的事情也會跟著增加，相對地，變成垃圾的機率也會提昇。我可以斷言，這是絕對不變的法則。」

「不，應該會有例外吧？」

「沒有，不過有可以容許的例子。例如說《世界妹》的漫畫化，如果有『能做到作者本人辦不到的事情的人』——這類專家加入而能獲得巨大恩惠的話。那對這部作品而言，就有增加相關人員（風險）的價值了。」

沒錯，我總是受到愛爾咪大師的多方照顧。

情色漫畫老師也是一樣。她能為我寫的小說，附加上我無法創造出來的價值（插畫）。

不過，雖然是這種時候。

但村征學姊肯認同愛爾咪老師了呢。

決定要漫畫化時，她還化身成最糟糕的原作廚跟愛爾咪老師大吵一架。

村征學姊用憤怒的眼神繼續說：

「但是接龍小說卻沒有任何例外。參加這個企畫的人，全部都是小說家對吧。他們每個人都有『只有自己才能寫出來的故事』存在。正因為如此，混合之後也不會有什麼好事發生。如果實力在伯仲之間，就會互相顧慮然後扯對方後腿。只要有一名實力較差的人，大家就會配合他掉入相同的程度。只要混雜一名缺乏幹勁的人，那麼全部心血都會白費掉。你們看，完全沒有參加的價值，存在於這世界上的各種接龍小說，沒有任何一部會比各參加者認真寫出來的代表作品要有趣。」

「我不這麼認為。畢竟也有很好看的接龍小說，而且應該也有藉由跟其他人一起創作才能產生的有趣內容才對。」

「看來我們處於平行線，但這件事我才是正確的。」

「那不然我們來試試看吧？」

「——你說什麼？」

我突如其來的提案，似乎出乎村征學姊的預料。

「雖然妳講得很確信，但村征學姊應該沒有寫過接龍小說吧？」

「沒有，那又如何？」

「所以才說要妳跟我們試著寫一次看看。那麼一來，我想學姊妳也能理解接龍小說的意義了。」

「…………由這些成員？」

村征學姊瞪大雙眼地環視周圍。

我點眼頭。

「沒錯——妖精，妳覺得如何？」

「聽起來很有趣啊，本小姐ＯＫ喔！」

「情色漫畫老師，插畫可以麻煩妳嗎？」

「……………既然和泉老師參加的話……那可以呀。還有人家不認識叫那種名字的人。」

「謝謝妳們兩位啦！村征學姊呢？」

「就算參加了，我覺得自己的意見也不會改變。而且……我不想扯征宗學弟的後腿……」

「不用想得那麼嚴重啦！當作被騙，輕鬆愉快地參加就好！」

「……………這哪能……輕鬆愉快呢……」

「那不然這麼想吧。這次並不是要創作作品——終究只是跟我們『一起玩』而已，妳覺得如何？」

「……唔……………我明白了，既然征宗學弟都這麼說了……那就嘗試這麼一次吧。」

村征學姊雖然不太情願，但還是同意了。

「好～～！感覺都開始興奮起來了！」

「本小姐是無所謂啦。不過要寫接龍小說的話，只有三個人會不會有點少？」

「果然是這樣嗎？」

「至少希望要有四個人呢。」

妖精單手豎起四根指頭。

唔嗯——確實是……

我雙手交叉在胸前煩惱著，村征學姊則是說「等等，請等一下。」並有點慌張地說：

「我之所以同意參加，是因為這些成員的關係。但也不希望來礙手礙腳的人繼續增加。」

「啊，小花妳真是的。肯承認如果是本小姐就不會礙手礙腳了嗎？」

「不，非常礙手礙腳，但因為是朋友所以可以忍耐。」

「喔，是喔！」

這兩個人的感情到底是好還是不好呢。

「要怎麼辦？能夠讓小花承認的小說家，應該沒有其他人了……」

紗霧這麼說著。

「哼嗯……說得也是。村征學姊，就算會扯後腿但只要是朋友就可以了嗎？」

「是這樣沒錯。」

「不可以叫國光來喔。」

這次換妖精發出ＮＧ訊息。

「為什麼？」

「他正處於趕稿地獄中啊。」

「啊。」

這麼說來是這樣沒錯。

「那該怎麼辦啊？」

「不是有嗎？名聲比這裡任何成員都來得響亮，而且跟村征之間比朋友還要親暱的人。就在我們身邊啊。」

「啥？哪裡有那種傢──咦，啊！妳、妳這是！難道說！」

妖精向我嘻嘻一笑後，就把單手彎成擴音器的形狀，朝著日式隔扇呼喊：

「把拔～～～～～～可以來一下嗎～～～～～～～～～」

喀啷──

「有什麼事嗎？」

「哇啊！」

一瞬間就來了！

「村征爸爸，剛才講的話你有聽見嗎？」

「嗯，因為剛好經過房間門口，所以就偶然聽見了。」

騙誰啊！

你絕對一直都在日式隔扇後頭吧！

出現的時間根本就像是等在那裡了！

父親大人──麟太郎先生用嚴肅的語氣說：

「…………也就是說，妳是要我這個時代小說的大師梅園麟太郎……跟輕小說作家們一起，參加當成遊戲玩的接龍小說……是這樣嗎？」

「嗯，沒錯。接龍小說的題目就用『當男孩與女孩邂逅』這個吧。」

妖精挺起胸膛，即使面對釋放出恐怖壓力的對手也毫不畏懼。

這傢伙怎麼如此厚臉皮，再怎麼說也不可能會接……

可是，父親大人卻很乾脆地點頭。

「沒問題啊。」

「咦咦！」「可以嗎！」「把、把拔！」

這、這個人真的有聽懂嗎！「現代文豪」梅園麟太郎偏偏要跟輕小說作家們一起寫接龍小說！而且還是「當男孩與女孩邂逅」這種題目！

這種事真的有可能發生嗎！

看到我們一臉驚愕的村征父親，撫摸著下顎說：

「喔，你們覺得我寫不出來嗎？」

「……不、不是……只不過，創作風格似乎相差滿多的……」

關於為什麼要叫做「輕小說」這點，（因為很麻煩）在這邊就不提起了。

可是梅園麟太郎所寫的架構結實又高密度的文章，很明顯跟我們有所不同。

如果跟這個人一起寫接龍小說——可不會只是「可樂餅蕎麥麵」或「生火腿哈密瓜」這種程度，絕對會誕生出完全搭配不起來的恐怖產物。

「那又怎麼樣？不是無所謂嗎？再說，接龍小說的意義應該不是那樣的事物對吧？」

「…………………」

看來我的想法似乎都被看穿了。

的確是這樣沒錯。如果由這些成員來撰寫接龍小說，恐怕會寫出一篇完全銜接不起來的詭異文章。也許那絕對不是一篇完成度夠高，能夠稱為所謂「寫得好的小說」的文章。

但正因為如此才有意義。

那就是我現在要跟村征學姊一起嘗試的事情。

雖然如此……但不管怎麼說，找來梅園麟太郎也太扯了吧。

當我如此為難時，妖精把手擺在我肩膀上。

「放棄抵抗吧，征宗，大師本人都說要參加了耶。」

再說這個人為什麼會變得這麼起勁啊？

「咯、呵呵呵…………………跟女兒一起寫接龍小說……真是太棒了！」

啊，好的。

我完全明白了。

跟親生父親一起撰寫接龍小說這件事，村征學姊直到最後都還是面露難色，但還是無法抗拒現場的氣氛……

我們在梅園邸的客房開始寫起接龍小說。

鋪有榻榻米的房間中央，有張特地搬過來的桌子。上頭擺著筆記型電腦，並且正開著Word軟體。

……哇啊……這個該不會是這位大作家平常使用的執筆工具吧？難道說要讓大家輪流使用這個，然後撰寫接龍小說？感覺心臟都開始疼痛了。

面向這張桌子跪坐著的，是身為持有人的村征學姊父親。

「順序就由我先開始！沒問題吧！」

就算說不行，感覺他也聽不進去。

好、好像會很困擾……

「……那、那個，妖精啊……大作家他是這麼講的耶。」

妖精就這樣站著把手扠腰挺起胸膛。

「那邊那位很起勁的大叔，給本小姐等一下。」

「哼嗯，我擔任前鋒這件事，妳有什麼異議嗎？」

「接龍小說這種東西，順序是很重要的！就算原本就期望文風無法搭配，但也不能讓有超高機率會成為**戰犯**的傢伙擔任前鋒吧！」

這講法也太直接了吧！

「……我、我是……戰……犯……？」

妳看！表情嚴肅的大叔都驚呆了啦！

他雖然發愣了幾秒鐘，但不久後就振作起來「咳咳」清咳一聲。

接著臉頰泛紅，像是要掩飾般說：

「剛才也說過了，你們是不是……覺得我……寫不出適合年輕人閱讀的文章？」

「對。」「對。」「對。」「對。」

全場一致認同。

「…………………………」

村征學姊父親似乎很不高興地瞇起眼睛，生氣地說：

「我、我寫得出來喔！」

「真的嗎？再說你有閱讀過最近的輕小說嗎？」

「唔…………只要去『成為小說家吧』閱讀就好了吧！你們看這個！我也有在這個網站投稿！」

「真虧你知道那種網……咦！真的假的！」

這位大師在搞什麼鬼啊！

梅園麟太郎先生拿起筆電，展示小說投稿網站給我們看。

村征學姊冷眼看著父親這個模樣說出一句話：

「……當我的小說開始擺在書店販賣後，爸爸就變成這副德性了。」

啊……身為把拔，會想要擁有跟女兒共通的話題吧……

「真是個充滿活力的老屁股……讓本小姐看看。」

妖精探頭窺探筆電上頭的畫面。

接著立刻臉色發白地捂住嘴巴。

「嗚啊～分數好低。討厭，梅園麟太郎的時代小說完全得不到迴響嘛。」

「等一下！這是那種情況啦！因為是初次投稿，所以我還搞不太懂趨勢！下次一定沒問題！」

這是個聽了都會覺得丟臉的藉口。

這位把拔，你的硬派形象正不停地崩壞喔。

麟太郎先生把筆電連同整張桌子一起抱住。

「總而言之！我要當前鋒！我說要當就是要當！絕對不會讓給任何人！」

「啊～這的確是小村征的爸爸呢～」

「什麼！我才不會這樣吧！真、真是失禮！」

……不，我覺得很相像喔。尤其是開始慌張時的舉動，還有任性的程度。

學妹勉強恢復平靜後，依舊滿臉通紅地說：

「……爸爸變成這副模樣的話，就不會改變主意了。雖然很抱歉，但請讓他當前鋒吧。」

「……我是無所謂。」

「真是的，拿他沒辦法。」

紗霧跟妖精這麼說著。對我來說，也覺得已經無所謂了。

或者該說——接龍小說早已經開始了。

像這樣「大家一起創作的過程」，正是我想傳達的事情。

「那麼，馬上就由我開始撰寫吧。題目是『當男孩與女孩邂逅』對吧。」

說不定——這個人正是知道這層含意，才會故意親自扮演丑角的。

「……哥哥，我想開始畫插畫草稿了，可以幫我問接下來會有什麼樣的角色登場嗎？」

「好啊。」

怕生程度ＭＡＸ的紗霧，因為村征學姊父親在的關係而變得很少說話。於是我代替情色漫畫老師，向他要求接龍小說序盤的劇情大綱。

結果——

「劇情大綱？那是什麼？好吃嗎？」

啊，剛才說他刻意扮演丑角之類的話還是撤回。

這個人是本來就這麼天然呆了。

梅園麟太郎先生跪坐在桌子前方，輕快地敲打筆記型電腦的鍵盤。

跟不擅長操作機械的村征學姊完全不同。

閒閒沒事做的妖精看著他這副模樣，喃喃自語地說：

「……很普通地會用筆電呢……明明外表看起來像是過去的文豪……」

「到現在還在用手寫的小說家，大概也只有村征學姊而已了吧。」

「請不要用那種會產生誤會的描述法，我也不是完全不會用。」

畢竟還是會閱讀我的網路小說嘛。

這時候，執筆中的大師插進我們的對話裡。

「好啦，你們幾個——關於現在寫的短篇小說，我會適時存在雲端上頭，所以你們就各自利用電腦或是平板來即時閱讀吧。」

梅園老師很善於使用網路耶！

另一方面，聽到這句話的村征學姊只能一直疑惑地歪著頭。

「雲端？平板？征宗學弟……我爸爸他在說些什麼呢？」

「這下子搞不懂誰才是年輕人了！」

麟太郎老師的執筆速度還算迅速。我們邊閱讀上傳到雲端的原稿邊等待文章的完成，幾乎不會閒閒沒事做。

「這文章真的寫得有夠棒呢。因為文字密密麻麻的，乍看之下給人一種這是什麼鬼的感覺。可是一旦開始閱讀就停不下來了。」

「不過在小說投稿網站這文章似乎行不通。」

「呼呵呵呵，這是在『成為小說家吧』裡頭難以被評價的項目嘛～」

「在『成為小說家吧』裡頭是劣等生，明明實際上是超資深老手。」

「那邊的！我有聽見喔！」

哇啊，耳朵好靈敏！

「剛才也講過了，就說那是我第一次投稿還搞不懂趨勢！只要下功夫把文章配置弄成橫式且方便閱讀的排版，然後劇情構成也改成以每日更新為前提的故事就好了吧！」

這種還滿熱心研究的態度讓人難以回應。

看來他真的滿不甘心的。

「對策都已經準備好了，下次一定會大受歡迎！」

「這位大師雖然這麼說，但前網路小說家的和泉老師你覺得如何呢？」

「這種對策很難說是萬全的準備，我想下次大概也不會有多少分數吧。」

「你這傢伙！竟然這樣隨口胡說！」

「或者該說，你這位大師跟出道前的人一樣跑去投稿網站是要幹嘛啊。」

梅園麟太郎不適合做這種事情吧。

「請再多注意點自己的立場跟形象啦，你可是很偉大的小說家老師耶。」

「那是他人擅自對我抱持的幻想，不關我的事情。」

嗟，他按下輸入鍵。

接著他意義深遠地偷瞄著村征學姊。

「說起來，小說是那麼了不起的東西嗎？這種東西，是只要閱讀的人們能在當下獲得樂趣就好的事物吧。這是被大量消費的娛樂之一，也是無可取代的回憶。如果再追求更多就只是傲慢而已了，你懂嗎？小說家也沒什麼偉大的，職業跟業餘之間的界線根本無關緊要，傑作跟隨手亂寫之間也只有一線之隔，都是些會被個人喜好給顛覆的事物。」

他突然對女兒露出溫和的微笑。

「所以只要更放輕鬆撰寫就好。這種東西，不值得把人生賭上去。」

「所以你的小說才會那麼無聊。」

村征學姊的聲音顯得生硬又冷淡。

剛才雖然說他們很相似，但這對父女對小說的看法可說完全相反。

雖然覺得村征學姊不管怎麼說都太過克制自己了——但是麟太郎先生的想法，就我來看也有點過於放鬆，該說是達觀，還是要說是老成呢？

明明是小說家，但是對於小說這項事物——感覺好像並沒有那麼喜歡。

不過……這段話，是來自於對寶貝女兒的關愛吧。

自己的小說被女兒徹底否定的父親大人，始終沉穩地「哈哈哈」笑著。

「妳就繼續閱讀妳喜歡的小說就好。我只能祈求妳喜歡的娛樂裡頭，能有可以跟我一同欣賞的作品了。」

接著經過一段時間之後……

「好啦，完成了。」

梅園麟太郎執筆的接龍小說「第一章」撰寫完畢。

由於一直利用雲端來閱讀，所以直到我們全部看完沒有花上太多時間。

閱讀完第一章以後，我們的反應大概就像這樣。

「……哥哥，這個漢字怎麼念？好難懂喔……」

「…………看吧，有夠無聊。」

紗霧跟村征學姊的評價都相當惡劣。

或者說，這篇小說有更基本的問題……

呃……先把內容告訴大家吧。

梅園麟太郎撰寫的「第一章」內容是——

這是平凡的少年，以及立志成為畫家的體弱多病少女之間的故事。

兩人從小時候開始就是青梅竹馬，少年經常前去陪伴幾乎無法外出的少女。舞台是昭和時期的日本。她所居住的古老洋房還有少女的神祕氣氛，都透過卓越的文筆表現出來。

這簡直是——能夠看見實物般的臨場感。

憧憬外頭世界的少女，隨著年紀增長就越來越沉浸於創作之中。

在這個沒有網路的時代，唯一能觀賞她作品的人就是青梅竹馬的少年。

少年對於繪畫雖然完全沒有興趣，但他為了愛慕的少女，還是熱情地觀賞她的作品並給予感想，兩人持續進行著交流。

這樣的日子，持續到他們長大成人。

少女的熱情緩緩地加速，並且開始脫離常軌……

少年即使察覺到這一點，也還是什麼都辦不到。她的幸福，確實就在那樣的生活裡。

少女依舊十分幸福，少年雖然懷抱不安與焦躁但也依然幸福——日子就這樣流逝。

最後少女雖然亡故，但留下了一句話給少年。

——我還沒有畫夠，我一點也無法滿足。

●●，怎麼辦。我還不想放下畫筆——

聽到深愛之人最後的呼喊，少年露出笑容回應。

——那麼，以後就由我來代替妳畫吧——

於是少年受到詛咒。

他花費大半的人生，持續描繪著現在已經無比厭惡的圖畫。

只為了履行跟少女的約定，直到永遠。

就是這樣毫無救贖的故事。

「這不是**超級壞結局**嗎！」

「你、你這個老屁股！到底懂不懂接龍小說這個詞的意思啊！」

由於內容太過慘烈，讓我們全力對這位長輩狠狠吐嘈。

但梅園麟太郎似乎把我們的批判當成一陣微風，用泰然自若的態度說：

「如何？這篇文章應該很適合年輕人閱讀吧。」

「文句是這樣沒錯啦！」「但內容！內容啊！」

「女主角馬上就死掉了！」「第一章就這樣完結，接下來該怎麼辦啊！」

麟太郎先生向我遞出筆記型電腦。

「和泉征宗老師。」

「咦？」

「接著由你繼續撰寫下去。」

「什——」

「把難題丟給下一位作家，這也是接龍小說的醍醐味吧。」

「強人所難也要有個限度啊！」

這個人……！在這件事上頭完全不是天然呆的態度！

他明知道會這樣，還故意這麼做！

「如果是小花敬愛的作家和泉征宗老師，這點程度的題目應該能輕鬆解決吧？」

「這是在挖苦我嗎！」

我跟學姊之間又沒有什麼……！

為什麼要弄成這種好像是父親在捉弄女婿的情況啊！

這絕對很奇怪……！

「那當然，征宗學弟絕對能夠辦到的。」

「村征學姊妳也不要在這種時候替我回答啊！」

「咦？但是你辦得到吧？」

「……………………」

無條件的信賴好沉重……！不對，是我沒有那種實力啊！

如果可以直接說出口的話就輕鬆多了！

「喔～～她都這麼說了耶，征宗。」

「呼呵……你要怎麼辦呢？哥哥。」

「……唔……唔唔……」

就連紗霧跟妖精也都跟著搧風點火。

我像是要擺脫束縛般「哈啊！」地吐出一口氣——

「寫就寫啦！可惡！會變成怎麼樣我可不管了！」

既然如此！我就來把它翻轉為超級完美結局！

就這樣——

這次的接龍小說，就決定是執筆者可以指名「下一個人」這樣的規則了。

接下接龍小說的棒子後，我接替梅園麟太郎坐在桌子前面開始執筆。

我以猛烈的氣勢敲打鍵盤，撰寫即興小說可是和泉征宗的拿手好戲。

因為這跟平常在做的事情差不多。

「話雖如此，這次的『題目』還真是困難……」

即使正在講話，我的手指還是持續以高速敲打鍵盤。

同時遵循前例，我也適時將小說上傳到雲端上頭讓其他人閱讀。

「征宗學弟，你打算怎麼從這個讓人心情鬱悶的壞結局把故事接續下去？」

村征學姊的問題，我直接這麼回答：

「就用我現在最擅長的類型來一決勝負。」

「咦？」

「喔，最擅長的類型是嗎？」

麟太郎先生斜眼看著我，就像在說讓我瞧瞧你的本事吧。

我邊執筆邊回答說：

「簡單說就是——讓死去的女主角化為幽靈再次登場，並且附身在男主角身上！然後再讓她跟新女主角的**妹妹**展開戀愛上的爭風吃醋劇情——」

「竟然強硬地轉換成戀愛喜劇！」

「而且還硬是推出妹妹角色！」

「從陰鬱的壞結局轉換成戀愛喜劇？這種亂來的發展……真的可行嗎？」

「接龍小說的話就沒問題。」

我坦蕩地這麼說著。

如果是富士見Mystery文庫的作家們就會寫出更勁爆的發展，所以沒問題的。

「好——就隨我高興來寫些自己喜歡的發展吧！先讓風格一口氣變得開朗又歡樂，再加入許多搞笑劇情，也要加入很多色色的情節。情色漫畫老師，插畫就拜託妳了！」

「包在我身上！」

她很開心地回應。

只要跟色色的插畫有關時，她真的很值得信賴！

「呵呵呵，就靠我這些設定上很陰鬱的登場人物們，你真的有辦法寫出那種喜劇性的發展嗎？」

「真感謝老師這段證明是在捉弄我的自白！你丟過來的憂鬱設定我會全部有效利用的，所以沒問題！」

像是有不受歡迎又溝通障礙的女孩子登場的漫畫，或是沒有朋友的學生們建立社團的輕小說之類的。用消極負面的設定來搞笑到讓人笑翻的作品，現實中也有好幾部。

所以根本沒必要害怕沉重陰鬱的設定。

一直撰寫戀愛喜劇的我，一定可以寫出非常有趣的發展。

「所以……女主角附身在男主角身上後，就算是洗澡也無法分開……這樣。」

「等一下，你把男主角脫光是要幹嘛啊！」

「【緊急招募】脫光幽靈女主角的方法！」

「居然想靠別人出點子！」

「只要一害羞就會讓衣服變透明！鏘鏘！就跟這張插畫一樣！」

「情色漫畫老師總是擅自在插畫裡追加設定呢！就這麼辦吧！」

執筆在嬉鬧聲中進行著。

村征學姊困惑地喃喃自語說：

「……這樣真的沒問題嗎？」

「沒關係，因為是接龍小說嘛。」

「雖然現在才講有點晚了，不過這部小說的接力順序看來真的大錯特錯耶。文章寫得超好的第一章完，接下來卻是文章寫得跟狗屎沒兩樣的第二章。」

「沒關係！因為是接龍小說嘛！」

我這樣跟出道當時比起來，也算是進步很多了喔！

「很好～這樣子就只剩下結尾而已了。嗯～～～～～～～～～該怎麼辦才好呢～～～～～～～～～～」

「好快！而且還邊煩惱邊讓手指頭高速敲打鍵盤！好噁心！」

「……大家不都是這樣嗎？」

「這麼噁心的執筆情景只有你才能辦到啦。所以，你要怎麼把劇情連接給『下一個人』呢？」

「放心吧，我已經想好最熱烈的高潮結尾了。」

「喔，這可務必要讓我見識一下。」

「我我我，我也要看我也要看。」

暢銷作家父女也靠過來。

另外關於情色漫畫老師，她從剛才就沉浸在繪製色色插畫這件事裡頭。

「～～♪」就只有哼歌聲與動筆聲透過平板傳來。

我對除了妹妹以外的三個人高聲宣言說：

「主角和女主角結為連理，還有了小孩！」

「……還真像……很完美的結局……明明才第二章。」

「和泉征宗老師，你也真是的。你真的了解接龍小說這個詞的意思嗎？」

我才不想被你這個把超凶的難題扔過來的人講咧！

「……征宗你……想要這樣……是無所謂啦……但你有好好想過嗎？這種像是超級完美結局的發展之後要怎麼銜接才好，或是說起來跟幽靈女主角之間真的有辦法生小孩嗎？像是這類問題的回答。」

「放心，不會有任何問題的。」

「真的嗎？本小姐有非常不好的預感耶。」

我朝向面露不安的妖精，緩緩地把筆記型電腦遞出去。

「山田妖精老師會想辦法解決的。」

「呀啊！本小姐就覺得絕對會變成這樣！」

把難題丟給下一位作家，也是接龍小說的醍醐味。

「哈哈哈，妖精那時候的表情真是太有趣了。」

「有開始寫是很好，但她在電腦前面抱頭苦惱耶，看起來好可憐。」

我寫完自己負責的章節以後，就在村征學姊的引導下走在梅園邸的走廊上。

村征學姊說她有些話想說……所以就把我帶出來了。

「交給她的話，實際上應該可以想辦法解決……不過，看來應該會花上不少時間。」

雖然好久沒看到妖精寫小說時的模樣了……

她邊煩惱邊寫小說時真的很可怕。

如果問我說是哪邊可怕，那就是每當她寫完一頁就會打開手機遊戲，以「要給自己一點獎勵」為由開始花錢抽轉蛋。

寫完一頁就抽轉蛋，又寫完一頁就再抽一次轉蛋。

轉到ＳＳＲ就上推特炫耀。

原稿的進展也因此非常緩慢。

這完全變成逃避現實用的工具了。

而且現在也不是宣稱「這才是本小姐現在的職業。」的時候啊。

妳的職業是小說家，不是暗黑劍士啦。

「照那種情況，不知道她什麼時候才會寫完喔。」

「……嗯。」

情色漫畫老師的情況也差不多，她沉浸在繪製插畫就完全不理人。

老實說，我是快閒閒沒事做了。

所以村征學姊把我叫出來，某些方面來說是剛剛好。

「學姊，所以我們要去哪邊呢？」

「…………………………那個……」

村征學姊沒有立刻回答。

先是一陣欲言又止的沉默，接著她才微微抬頭瞄著我。

「…………我的房間。」

村征學姊的房間，是個面向庭院並有鋪設榻榻米的和室。

我緩緩環視房間內部。

基本上是空蕩蕩的，只有坐墊跟執筆用的桌子而已。至今看過好幾名創作者的房間，但我還是第一次看到沒有書櫃的房間。

完全找不到有趣的書——我想起她說這句話時的表情。

房間的角落有小學生用筆記本、標準筆記本和原稿用紙這些東西雜亂地高高疊起。桌子附近的壁面上則用圖釘大量釘著自己作品的插畫、設定筆記紙，另外還有像是劇情大綱或是極短篇小說的東西。

和泉征宗的小說則擺在桌子上，用書架整齊排列著。

即使沒有書櫃也沒有電腦，這裡毫無疑問地是小說家的房間。

「喔……這裡就是村征學姊的房間呀。」

「…………沒、沒錯……唔……雖然講得好像是第一次看到一樣……但是你剛才已經偷窺過了吧。」

「是偶然！那只是偶然瞄到而已！不管是角度上、時間上還是精神上，我都沒有餘裕可以仔細觀看裡頭啊！」

因為正緊盯著更衣中的美少女看——這我可不能說出口。

「該怎麼說……是個很有學姊風格的房間呢。」

「這個感想，我到底該不該感到高興呢？請你用那邊的坐墊吧。」

「喔。」

我跟學姊面對面坐下。

「…………」

「…………」

不知為何，我們都很生硬地陷入沉默。

為、為什麼我會這麼緊張？跟美少女兩個人獨處——這種事情，最近應該早就因為妹妹或妖精而習慣了才對。真是奇妙的感覺。

「學、學姊……妳怎麼都不說話呢？」

請說些什麼吧，我可沒有餘裕自己開口。

「妳不是有事情才把我叫出來的嗎……」

學姊點點頭。

「…………………因為太緊張，所以忘記自己想講什麼了。」

這句話差點讓我摔倒。

「……因、因為……這也沒辦法嘛！讓男性進入房間……除了家人以外，你是第一個啊！」

「是、是這樣嗎？」

用這種表現方式，反而更讓人臉紅心跳。

「學校的朋友呢？」

「沒有請他們來過家裡。因為父親很有名，也曾經被纏著請求說要來見他，但我全部拒絕了。」

「為什麼？」

「……因為我不擅長跟人來往。」

總覺得這說法顯得有些沮喪。

……哇啊，我這問題太失敗了。

從平常這個人的情況看來，早該知道會是這樣了。

在學校也是這種態度的話，根本不可能會有多少朋友。

「……我……」

學姊保持端正的跪坐姿勢，低著頭小聲說：

「……我一直以為……自己無法結交到真正的朋友。」

「？這是什麼意思？」

「……我……即使跟學校的朋友在一起，或者是跟他們聊天……也不覺得特別愉快。」

她的語氣裡，完全沒有青春期時常見的那種「自己是很特別的」這類優越感。

只有罪惡感不斷傳達而來。

「我搞不懂大家為什麼在笑，只覺得剛才講的話真的有那麼好笑嗎？不管是電視的話題還是音樂的話題，或者是在講某個不在場的人壞話……明明大家都是同班同學，我也希望能跟大家更親近……但卻無法一起歡笑。每當我裝出笑容，就像是說謊般充滿歉意。」

「啊——」

這種心情我能了解……只不過這種話無法輕易對這個人說出口。

我也有過很相似的感覺。

為了工作、家事跟妹妹——當我不停專心於這些事情時，時間一下子就過去，也因此跟不上班上的流行。這麼一來很自然地無法好好交流，話題也因此更加對不上——這真是一種難以擺脫的惡性循環。

但再怎麼說都是同班同學，每天還是得見面。

實在不可能斷絕跟朋友的來往。

那真是相當辛苦的狀況。幸好我的情況大家都知道了，再加上還有智惠這些很懂得為我設想的朋友，所以才勉強撐過去。

「大家覺得有趣的事物，我都不覺得有趣……我拚命尋找後好不容易發現到覺得有趣的事物，大家卻都沒什麼興趣……我很清楚自己越是熱情地解說，周圍就越冷場。像是在述說『這個話題已經夠了，來聊些別的吧。』的氣氛也會傳達過來。那讓我感到非常痛苦……所以再也不這麼做，我受夠了……所以就放棄了。」

「要讓學姊感到『有趣』的門檻實在太高了，再加上感性方面似乎跟多數人有些偏差呢。」

也正因為如此，才能夠創作出充滿個性的作品吧。

不過話說學姊是對我的作品喜愛有加的讀者，我這樣講不就非常自虐了嗎！講得好像感性有點偏差的人才會喜歡上我的作品一樣！

而且剛才這段昏暗的往事回憶裡出現的「讓大家感到冷場的話題」大概就是指我的作品吧？我完全不想注意到這件事啊！

雖然我的心臟正遭受千刀萬剮，但還是開朗地說：

「學姊妳把所有事情都想得太嚴重了。在學校聊天聊得很開心的那些人，內心說不定也一樣有『這個話題還真無聊耶～～』這種感覺喔。」

「是這樣嗎？」

「不會錯的。不過啊，即使大家都知道這真是個『無聊的話題』——還是會愉快到笑出來，因為大家都是朋友嘛。」

話題是什麼其實都無所謂，從一開始就只是為了一同歡笑才開始聊天的。

每天都繃緊神經，思索有趣的話題——這種事情沒有人會去做的。

只要更隨性點就好了，大概是這樣吧。

聊些喜歡的事物，對方也一樣講些喜歡的話題，即使很無聊也還是能一起歡笑。

學姊只是在班上沒有找到像這樣的朋友吧。

說穿了，就只是如此而已。

「不過，學姊。妖精她這個人講的話，差不多也有九成左右都是些無聊的事情對吧。」

「嗯，對呀！她會講出口的大多是些低俗的興趣，不然就都是無法理解的事情！尤其是放著工作不管跑去玩遊戲的事情，或是其他人的銷售量這些，我打從心底覺得這些事情根本就無所謂吧！」

真的是這樣。

「不過……我卻沒有那麼討厭跟那傢伙在一起喔。」

「…………………………」

村征學姊瞬間……變得滿臉通紅。

接著小聲地說：

「……………………我也是。」

一說出口就會令人害躁，這種話實在沒辦法在本人面前講。

現在是跟學姊兩人獨處真是太好了。

「而且……呃……或許學姊的話題……對學校的朋友來說很無趣。但是我……跟學姊聊天時，感到非常開心喔。」

「咦？」

「因為學姊喜歡和泉征宗的小說，而我喜歡千壽村征的小說，這樣子當然能聊得很愉快嘛。對我來說超有趣的話題，可以跟能聽得超級津津有味的對象盡情暢談，再也沒有比這更愉快的事情了。」

「…………嗯……嗯……就是這樣！」

她很開心地點了好幾次頭。

然後突然緊緊抱住我。

「等、等等……學——」

「我果然還是喜歡你！最喜歡了！」

充滿破壞力的笑容從眼前逼近，我就這樣被往後推倒在地。

「你果然是我命中注定的對象！是我的白馬王子！」

「——！——！」

胸部，學姊的胸部……！好柔——不對，好痛苦……不能呼吸了！

「噗哈！」

我勉強逃離整個壓上來的雙峰，拚命吸取氧氣。

「學、學姊……妳冷、冷冷冷靜下來……！」

「啊……」

學姊似乎終於恢復正常了。她保持著把後輩推倒在地的姿勢，用快哭出來的表情看著我，整個臉龐當然是紅到發火。

「～～～～～～～～～～～～～～對、對不……起……我忍不住……就……」

「不、不會……是沒關係啦。」

這、這個人！太危險了……！

妖精是仔細思考過我和紗霧還有種種情況後，才發動猛烈的攻勢。

村征學姊則只是無比純粹地不作多想。

我只能在自覺到臉頰發熱的同時，忍耐住這天然的誘惑。

「……………那個，學姊……妳也差不多……該起身了……」

快點離開啊！來不及的話我可不管喔！

在我的意志力爆炸之前！

「………………我、我使不出力來……」

我也一樣！我也一樣啊！以前根本不知道！

被充滿魅力的異性推倒在地，就會變得無法抵抗！

「…………………唔！」

學姊的臉近在眼前。

水汪汪的眼眸，紅潤的臉頰。

能從敞開的和服間窺見的胸口。

「……………………征宗學弟。」

然後，她以甜美又帶有哀愁的聲音在我耳邊低語：

「……唔啊。」

感覺昏昏沉沉的。腦內的陶醉感完全炸開，漸漸開始什麼都無法思考了。

全身無力到彷彿快要融化，自己也無能為力。

「………………」

「………………」

我們在至近距離互相注視多久了呢……

「………征宗學弟………我………發現到一件事……」

她就這樣緊貼著，然後盯著我的眼睛看。

「～～～～～～～～～～～～」

我做出最後的抵抗，全身僵硬地緊緊閉上眼睛——

「這種情況太奇怪了！在小說裡，一般來說男女位置不是應該反過來嗎！」

聽見這句讓現場氣氛完全被破壞掉的大喊聲。

……啊，是啦，是這樣沒錯。

「…………………………」

「…………………………」

我們匆忙起身，回到一開始的距離。

經過一段無比尷尬的沉默之後。

「那個……征宗學弟……關於我剛才要找你說的『事情』。」

她抬頭看著我並這麼說。

「是、是什麼。」

「…………………………就是……那個……嗚嗚。」

她先是欲言又止，然後焦急地扭動身體。

「稍、稍微等我一下！」

村征學姊突然面向桌子，拿出信紙跟鉛筆開始寫起字來。

「——」

這個挺直背脊的美麗姿勢，今天又讓我看得入迷了。

她暫時以認真的表情動著鉛筆。

然後經過一段時間以後……

「這個……！」

村征學姊緊閉著雙眼，雙手用力地把那封信紙遞給我。

「我、我很……很不……擅長講話……那樣子無法好好傳達給你……」

她滿臉通紅，聰明伶俐的眼眸溼潤到彷彿要哭出來了。

「……所以請閱讀這個。」

「喔、嗯……」

我低頭看著從村征學姊手上收下的信紙。

字還是一樣好漂亮。

我看看……上頭寫什麼？

給征宗學弟：

今天發生許多令人驚訝的事情。

第一件事，就是那副模樣被你看見了。

請立刻忘記我那時候的醜態，拜託你了。

「……啊，好的。」

不過那已經烙印在視網膜上，應該是忘不掉了。

令人驚訝的第二件事，就是你們來到我家了。

能見到我的朋友，爸爸也感到很開心吧。

我已經好久沒有見過爸爸那麼高興了。

「這是在說真的嗎？妳把拔看起來不是超不高興的嗎？」

「不，他真的非常高興喔。尤其似乎還特別中意征宗學弟你。」

「我只有被他整得慘兮兮的記憶啊……」

朋友來家裡玩這種事情……對我而言是出生以來第一次的經驗。

由於不知道該怎麼反應才好，所以讓大家看到許多丟臉的場面……不過謝謝你們過來。讓大家擔心真是抱歉，真的很感謝各位。

「啊，不會……那個，不用客氣。」

在寫信的本人面前閱讀內容，實在很讓人害羞。

「……嗯、嗯。」

想必對方也是相同的心情吧。

我把信紙翻過來。

令人驚訝的第三件事情……也是今天最驚訝的……就是接龍小說。

沒想到會跟大家一起撰寫接龍小說……

就跟我擔心的一樣，有如垃圾般的小說正逐漸成形……

「前鋒、次鋒都一起變成戰犯了，真的是非常抱歉。」

可是，我現在……卻產生「好有趣喔」這種感覺。

假日時……朋友從早上就跑來家裡，大家一起撰寫接龍小說，聊些沒有營養的話題……創作一篇亂七八糟又似是而非的小說。

如果是平常的我，應該就會被無法共享樂趣的罪惡感給壓垮了才對。

妖精會把什麼樣的棒子傳給我呢？

就用我的筆，來把大家一起創作的故事以有趣的文章做個結尾吧。

為什麼我……會有這樣的想法呢？
今天的我可以自然地露出笑容。
因為很開心，很愉快，讓我忍不住笑了出來。
真是難以理解。可是，感覺並不壞。
這一定就是征宗學弟，想要傳達給我知道的事情吧。

「嗯……沒錯。」
如果我們現在感受到的「有趣」，也能夠傳達給讀者知道的話……
即使完成度很低，即使劇情發展亂七八糟，也一定能讓大家感到「有趣」才是。
接龍小說是把讀者包含在內讓「大家一起來玩」的事物。
我是這麼認為的。

「……你總是這樣呢。」

讓我跟「世界上最有趣的書」相遇。
全力跟任性自私的我一決勝負，並且打敗了我。
接受了我的心意，並且真誠地面對我。

當我打算再也不要撰寫小說時，你的話語又為我引導出一條道路。

今天如果你不對我說要進行接龍小說的話，就無法體驗到這樣「有趣」的事情了。你總是……為頑固的我帶來全新的景色。

「征宗學弟，真的很感謝你。」

「不、不會啦……我也沒做什麼。」

能跟你相遇真是太好了。

能跟大家成為朋友真是太棒了。

今天真的非常快樂——

在此務必請你代替我，把這句話告訴大家。

「學姊。」

「是、是的！」

村征學姊抬起頭來，並端正坐姿。

我發出壞心眼的呵呵笑聲。

「妳自己說吧。」

「就、就是辦不到才要拜託你啊！跟那個總是找我吵架的妖精，還有怕生到除了性騷擾以外都不會主動找我說話的紗霧，我該怎麼向他們表達感謝才好……！」

「就這樣說不就好了嗎？」

「不、不行啦！我很不會說話，而且也很不好意思……」

「不管有多笨拙，還是講話內容亂七八糟，當然都是自己傳達給對方比較好啊。」

所以我才會被妳的告白打動。

「唔、唔唔～」

村征學姊像小朋友一樣，露出為難的表情呻吟著。

我拍拍她的肩膀。

「好啦，學姊。我們回去吧！妖精也差不多該斷絕逃避現實（手機遊戲）的誘惑，說不定已經寫完第三章了喔。」

「……擔任接龍小說最後一棒的我，只能看見她把超乎想像的難題丟給我的未來而已。」

「那不就是醍醐味所在嗎？」

「呵——」

我們之間聊的，只是平凡無奇的對話。

她似乎覺得很有趣地露出微笑。

「沒錯。」

接著往朋友身邊走去。

回到客房後，學姊所預料的事物已經從山田妖精老師的筆下誕生了。

「……喔——沒想到『生下小孩的完美結局』這種難題，可以用這種方式來突破重圍。」

村征學姊的父親——梅園麟太郎先生用手撫摸下顎，顯得佩服地說著。

前輩這句也不知道是不是真心說出口的讚賞，山田妖精大師當然是挺起胸膛地開心接受了。

「乾脆將錯就錯『描寫次世代的故事』！呼呵呵呵，這個答案超讚的吧！想稱呼本小姐山田妖精為天才也可以喔。」

「沒人在稱讚妳喔，那只是因為妳把難題整個丟開而大吃一驚而已。這也不是嶄新的發想，而且第一章的角色不都變成配角了嗎，妳這蠢貨。」

村征學姊瞇起眼睛低聲說著。

「這、這是次世代角色間的戀愛喜劇，所以沒什麼不好吧！而且也有符合『當男孩與女孩邂逅』的題目呀！」

「……唔嗯……只看妖精寫的第三章的話，以戀愛喜劇來說算是很穩定。但這樣反而是個問題，因為後續會非常難寫喔。角色都已經成為情侶了，接下來要怎麼辦啊？」

「征宗，只有你沒資格這麼說。」

「小妖精寫太多新角色了啦～～舊角色也成長太多了～～插畫這邊畫得好辛苦耶～～」

「請好好加油吧！情色漫畫老師一定做得到的！」

「人家不認識叫那種名字的人！」

「所以？山田妖精老師啊……負責寫最終章的我，該怎麼把這個亂七八糟又錯綜複雜的故事繼續下去才好？」

「沒問題，很簡單——」

「千壽村征老師會想辦法解決的。」

「「就知道妳會這麼說！」」

好幾個人的吐嘈聲重疊在一起。

「…………………………………………」

村征學姊把手抵在胸口閉上眼睛，接著緩緩點頭。

「嗯，那就讓我想辦法解決吧。」

「喔，很有自信嘛。」

「小村征要寫什麼樣的故事呢？」

「當然是熾熱的戀愛故事。」

「不過學姊，這個故事已經讓情侶成立了，感覺沒有什麼能趁虛而入的空間耶。」

「居於劣勢的弱者，贏過壓倒性的強者，我至今已經寫過許多像這樣的故事。不管陷入多麼險惡的困境，能夠胸懷野心並抬頭挺胸向前邁進的人，才能稱得上是我筆下的主角。身為撰寫者的我，也希望自己能夠如此。」

她這句話，到底是不是只有在講接龍小說而已呢？

「征宗學弟，看來我……非常不擅長戀愛。沒辦法判斷現場氣氛，做事也老是自己一頭熱。只能很笨拙地，把自己的心情硬塞給喜歡的人。跟你相遇後，我總是後悔自己的失言與失控，希望把這些事情全部消除掉。」

村征學姊突然露出笑容。

「……即使如此，那些事情並不能當成不去挑戰的理由，也無法當成不戰而敗的理由。」

她挺起胸膛面向前方，像是要對我挑戰般說：

「就用我的筆，讓這篇接龍小說以完美的戀愛故事做個完結吧。」

「那麼一來……你會變得稍微喜歡我一些嗎？」

從梅園邸回家的途中，我接到神樂坂小姐打來的電話。

『喂，和泉老師～你已經幫我從村征老師手中把《幻刀》的原稿奪過來了嗎～～？』

「啊，抱歉。我忘記了。」

『欸！哎喲～你到底在幹嘛啊！』

「沒有啦，發生很多事情。不過，我想已經沒問題了。那個啊，包括山田妖精老師跟梅園麟太郎老師在內，我們大家一起寫了接龍小說……」

『啥！你說山田妖精老師、梅園麟太郎老師和千壽村征老師的接龍小說嗎！』

「和泉征宗老師也有寫喔。」

『那個人比較級上根本無所謂啦！』

喂，妳講出真心話了耶。

『真是嚇死我了！沒想到會發生這種大事情！』

「我想應該不用擔心喔。村征學姊的心情也完全好轉了，所以《幻刀》的原稿馬上——」

『——馬上得出版這群非比尋常的成員所寫的接龍小說才行！』

「咦！」

『我現在立刻過去那邊，就在那邊集合吧！就這樣！』

嗶。

感覺會被冷淡地拒絕。

終章

我，和泉征宗是個不會去煩惱的人。

這樣聽起來好像就是個大傻瓜，或者是個達觀的人——但兩邊都不對。

這不是多了不起的事情，而是更加不上不下。就只是遇到煩惱，會習慣在經過一定時間以後就不再去想它而已。

把問題放置不管，先把目前能辦到的事情解決掉……我已經養成這種習慣了。

老爸不在了以後，還是小孩子的我有太多無能為力的事情。混在大人的社會裡努力逞強後，不知不覺間就變成這副模樣了——應該是這樣的吧。

不管好壞方面。

要說我現實的話是挺現實的。

事情能拖就拖，做什麼都放棄得很快也很容易死心，是個裝成大人模樣的討人厭小鬼。

幾乎可以這麼說。

身邊的女性成員，雖然都用「你這個輕小說主角！」這句話來罵我。

但要我說的話，和泉征宗應該幾乎沒有身為主角的要素存在。

既非熱血系，也沒辦法說是達觀的人。回顧現狀的話，甚至也不是平凡的高中男生。

真的很不上不下。

「…………唔嗯。」

像這樣的我，今天很難得陷入沉思。

我窩在自己房間煩惱著。

現在是七月。往窗戶外頭看去，就連梅雨的雨雲都已經消失，是個無比晴朗的天氣。

要把腦袋裡那些堆積如山的問題重新拿出來檢討，這算是個很適合的日子吧。

——本小姐喜歡你。

——征宗，本小姐最喜歡你了。

——我拒絕。

——因為我有喜歡的人。

想法與話語，不停在腦海裡旋轉與重播。

「沒錯……」

我有喜歡的人。

雖然被很乾脆地甩掉，但這份心意至今依舊沒有改變。

它仍然在這裡，沒有消失。

所以我現在還沒有辦法跟任何人交往。
即使知道以後是不會再有第二次機會，能被那麼可愛的女孩子喜歡上。
但我的答案還是沒變。
「不過——」

——我，有喜歡的人。

所謂「愛的告白」總是故事劇情的高潮場景，也是戀愛分出勝負的瞬間……
我原本認為是無法挽回的事物。
但實際上並非如此。
這是妖精和村征學姊教會我的。
向喜歡的人告白，接著跟對方交往，或者是被拒絕——
「……那並非就是結束呢。」
即使夢想實現也好，跟喜歡的人結為連理也好；夢想破滅也好，失戀也好；重要的事物有所欠損也好。
人生還是會繼續下去。
只要還活著，就不管你願不願意了。

出許多糗，哭泣、歡笑、高興。
悲喜不斷累積，離別與相遇也不停重複。
雖然人生真的真的真的是充滿了無法挽回的事情。
「但即使想重試幾次……也無所謂呢。」
這種事情，之前連想都沒想過。

——在和泉兄妹的夢想實現前，本小姐就要分出勝負。
——那些事情並不能當成不去挑戰的理由。

明明告白失敗了。明明跟我一樣，很乾脆地就被甩了。
卻還是有人再次挑戰。
即使如此還是有人繼續說著我喜歡你。
有完全認為自己會贏，為求逆轉而使盡全力尋找對策的傢伙。
有發出豪言壯語，覺得如果對手不夠強勁就太無聊的傢伙。
她們不斷地鼓起勇氣——
「而我跟她們比起來呢？」
當我被喜歡的人甩掉時——

只覺得這樣就夠了。

因為我們是兄妹。

我已經決定要成為她的家人了——就是這麼認為。

「真是個大謊話。」

胸口的這份痛楚，就是證據。

想要家人，想跟紗霧成為家人。再也不想寂寞孤單——以前很沒出息地喊出來的真心話，並非虛假。

可是，一點都不代表這樣就好了。

我並沒有自己想得那麼成熟，也並沒有做出區分。

我沒有妖精或村征學姊那樣的勇氣，只是找些冠冕堂皇的藉口來矇混而已。

我終於注意到這點。

「很好。」

那麼就必須起身行動了。

我前往二樓的「不敞開的房間」，緩緩地敲敲房門。

叩叩，叩叩。

跟紗霧相遇以後，我到底重複過多少次這種動作呢？

過去只會空虛響起的敲門聲。

現在已經……

「哥哥，怎麼了嗎？」

會有這樣的回應。這個事實，總覺得讓我特別高興。

我對開門露面的紗霧這麼開口說：

「那個，紗霧。妳一年前……曾經說過……有喜歡的人對不對？」

「嗯、嗯。」

這突如其來的問題，讓紗霧就這樣握著門把感到困惑。

「……是什麼樣的人？我認識嗎？」

「……為什麼……？」

「嗯？」

「……為什麼……要問…………………這種事情？」

「因為哥哥是妹妹的──這樣不對。」

這種問法就跟過去沒兩樣了。

我為了掩飾害羞而清咳一聲後。

「會在意紗霧喜歡的人是什麼樣的傢伙很理所當然吧，因為我喜歡的人是妳呀。」

「……啊……唔……」

穿著睡衣的紗霧，似乎很害羞地低下頭並開始臉紅。

「你、你在說什麼呀！」

「我的心境有了些變化，所以決定不再說謊了。」

我把手放到胸口，鼓動猛烈到心臟好像快爆炸了。

「紗霧。」

「……是、是的。」

紗霧好像緊張地變得僵硬。

「雖然還是很久之後的事情……但是等『我們的夢想』實現的時候。我有些話想對妳說——就是這樣而已。抱歉，嚇到妳了。」

「…………嗯。」

紗霧用熱情的眼神抬頭看著我。

看到她的表情，那種惹人憐愛的心情就會油然而生。

會有絕對不想把她讓給任何人的強烈想法。

我想跟紗霧成為一對正常的兄妹，這並不是謊話。

想要家人是我內心深處的願望。

這雖然絕對不是謊話，但我有更想擁有的事物。

有著更想建立的關係。

妖精一直以來已經不斷告訴過我好幾次了。

我真正想要的事物。

把所有煩惱解決掉，對我而言就是幸福的體現。

當夢想實現時，我想把這件事告訴「我喜歡的人」。

我想更加努力，好讓她能夠接受。

「那個……哥哥。」

正想回頭離開的我，被妹妹的聲音叫住。

轉頭一看，她正忸忸怩怩地微微扭動身體。

「那個……啊……我……」

「嗯？紗霧，怎麼了嗎？」

「我……喜歡的人……是……………………」

「────」

我一瞬間瞪大雙眼，端正姿勢想繼續聽下去。

「等『我們的夢想』實現後……………………就介紹給你認識。」

「！……這樣啊。」

這麼一來，就得好好努力了。

我已經決定了。

即使居於劣勢，也不能當成不去挑戰的理由。
連坦白表達心意都辦不到的人，不可能從戀愛中取勝。
「紗霧。」
「什、什麼？」
「我會贏過那個傢伙。」

話雖如此——
原本以為「我們的夢想」要實現，還要等到很久以後。
但是被編輯部叫去，是過幾天之後的事情。
這裡是高樓大廈的最高層。平常開會討論絕對無法進入的這層樓裡，有好幾間會議室並排在一起。
「說今天要我來這邊……到底是為什麼呢？」
完全猜不到是什麼事情。
由於是星期六，所以即使走在走廊上也沒遇到任何人。我來到走廊盡頭，停在最寬廣的會議室門前，櫃台告訴我的就是這裡沒錯。
……裡頭有人的氣息，是神樂坂小姐……嗎？
「那個，我是和泉。」

我敲門並出聲詢問後，裡頭傳來責任編輯的聲音。

「和泉老師，請進。」

「好的。」

我轉動握把將門推開。

「——咦？」

房間中央擺著白色的長桌。

坐在那邊的人，不是只有責任編輯神樂坂小姐而已。

大人們一起注視著我。

「神、神樂坂小姐……這到底是？」

我僵直在原地，雖然請求責任編輯說明狀況，但她只是默默地又有些目中無人地看著我。

代替她回答的，是坐在我正面的一位戴圓框眼鏡的少女。

那是看起來年紀甚至比我還小的可愛容貌。

她混在大人們裡頭，獨自發出獨特異彩。

她面向我，得意地發出微笑。

「嗨，初次見面，和泉征宗老師——」

「恭喜你，《世界上最可愛的妹妹》決定要動畫化了。」

『讓我們的作品動畫化。』

『把妹妹帶到客廳，兄妹一起觀看這部作品。』

這個夢想，即將要實現。

然後等夢想實現以後——

我要向「喜歡的人」求婚。

後記

我是伏見つかさ，非常感謝各位把情色漫畫老師第六集拿在手上。這次有個令人開心的消息，那就是本作已經決定要動畫化了。

剛好跟作品中征宗他們一樣呢。

我會好好努力，絕對不會輸給自己作品的角色！

這次也跟前作相同，看來我也會參與動畫化的製作。

我想製作的，是部為了把這本書拿在手上的各位所製作的動畫。

是部會讓我自己重複觀看好幾次，感到非常有趣的動畫。

是部能把紗霧和其他女主角們的可愛模樣提昇到最大限度的動畫。

都是有各位真誠的支持，這部作品才能走到今天。

身為原作者，我將會竭盡所有力量來配合製作，敬請各位期待。

二〇一六年一月　伏見つかさ

情色漫畫老師

Kadokawa Light Novels

進入了沒想像中好混的編輯部
成為菜鳥編輯，負責的作者還是家裡蹲妹妹!? 1 待續

Kadokawa Fantastic Novels

作者：小鹿　插畫：KAWORU

踩上業界最為禁忌的底線，
夾雜歡笑與淚水的出版人生戀愛喜劇，登場！

曾是職業軍人的千繡，進入了業界知名的角三出版社就職，成為初出茅廬的菜鳥編輯，卻沒想到分配到的作者居然是自己的妹妹，千鳶!?儘管他費盡心思，只為了協助千鳶寫出新作品，業界殘酷無比的真相與現實，卻在此時一一現形……

台灣角川

NT$250/HK$75

國家圖書館出版品預行編目資料

情色漫畫老師. 6, 應該與山田妖精結婚的十個理由 / 伏見つかさ作 ; 蔡環宇譯. -- 初版. -- 臺北市 : 臺灣角川, 2017.01

面； 公分

譯自 : エロマンガ先生. 6 (山田エルフちゃんと結婚すべき十の理由)

ISBN 978-986-473-496-2(平裝)

861.27 105022899

Kadokawa
Fantastic
Novels

情色漫畫老師 6
應該與山田妖精結婚的十個理由

（原著名：エロマンガ先生 6 山田エルフちゃんと結婚すべき十の理由）

2017年1月23日 初版第1刷發行
2023年3月16日 初版第5刷發行
作　　者：伏見つかさ
插　　畫：かんざきひろ
日版設計：伸童舍
譯　　者：蔡環宇
發 行 人：岩崎剛人
總 編 輯：蔡佩芬
副總編輯：朱哲成
設計指導：陳晞叡
印　　務：李明修（主任）、張加恩（主任）、張凱棋
發 行 所：台灣角川股份有限公司
地　　址：104台北市中山區松江路223號3樓
電　　話：（02）2515-3000
傳　　真：（02）2515-0033
網　　址：www.kadokawa.com.tw
劃撥帳戶：台灣角川股份有限公司
劃撥帳號：19487412
法律顧問：有澤法律事務所
製　　版：尚騰印刷事業有限公司
ISBN：978-986-473-496-2